MARIA

DU MÊME AUTEUR

Âge mental, Denoël, 2001.
Ne plus y penser, Éditons du Panama, 2005.
Grand Paradis, Phébus, 2010.
Un territoire, Phébus, 2012.
Les Fleurs d'hiver, Phébus, 2014 (prix Millepages).
Nuit de septembre, Grasset, 2016.

JEUNESSE
À la recherche du paon perdu, roman, Les Grandes Personnes, 2011.
Les très Petits Cochons, Seuil, 2013.
Le Doudou des bois, Sarbacane, 2016.
Le Festin de Citronnette, Sarbacane, 2016.

ANGÉLIQUE VILLENEUVE

MARIA

roman

BERNARD GRASSET
PARIS

Photo de la bande : © Niki Boon.

ISBN : 978-2-246-81343-9

À mes filles, si belles

Leurs ailes sont les miennes, rien n'existe
Que leur vol qui secoue ma misère

Paul Éluard, « Leurs yeux toujours purs »,
in Capitale de la douleur.

Tant de nuits ont passé depuis celle où le bébé est arrivé, où William est parti.

Allongée dans son lit, elle se tient les yeux grands ouverts dans l'immensité noire, les jambes raides comme deux spatules de bois. La couette est remontée à la limite inférieure des cils. Il fait nuit dans la chambre, à peine, le long de la fenêtre dont les stores sont baissés, un filament de lumière blanche perce-t-il la matière de l'obscurité.

Maria ne dort pas alors qu'il est sûrement très tard, peut-être quatre heures du matin ou même cinq heures ou même trois, la nuit la pente est trompeuse, elle dévale et puis ralentit au moment où l'on voudrait que le temps s'accélère.

De toutes ses forces, elle essaie de ne pas penser et fait remonter du fond de sa mémoire une méthode pour dormir indiquée autrefois par Céline. Il s'agit de visualiser l'une après l'autre les parties de son corps pour les laisser prendre la place des raisonnements parasites qui aspirent le sommeil. Pieds, chevilles, mollets, genoux – et il faudrait continuer pour faire le tour d'un corps avec lequel le contact semble perdu depuis des mois, des années.

Maria s'efforce d'échapper à ce qui gronde en elle, voudrait basculer en arrière, mais c'est trop difficile. Ventre et côtes et poumons et seins ont perdu leur stabilité, ils flottent dans un corps en gelée qui se mêle au drap, au matelas, à la dense opacité de la pièce.

Elle doit lâcher prise, elle sait qu'elle est déjà, qu'elle est encore, en train de réfléchir et qu'un mot va jaillir dans l'obscurité. Lorsque celui-ci sera prononcé, il faudra se lever. Elle le sent comme elle sentirait une douleur se hisser, un vomissement prochain.

Ça vient. Sous le tissu fleuri, Maria ouvre la bouche, dégage son menton et articule enfin. Les mots sont deux et très simples, ils écartent le noir.

Les oiseaux.

Ces seules syllabes la font se rassembler d'un coup, comme elle l'avait prévu. Pieds, chevilles, mollets, genoux, bassin et ventre et côtes et poumons, seins, épaules, cou, tête et bras. Un corps vieux de cinquante-huit ans. Celui de Maria, retrouvant le flux de son sang.

Elle se lève. Dans la salle de bains, elle allume la lumière, cligne des yeux, éblouie, ouvre en grand la porte du placard, dirige ses pas vers le salon pour en revenir aussitôt, remorquant une chaise au bout de son bras nu. Elle y monte et étire chaque centimètre de son squelette vers l'étagère supérieure. Elle ne pense à rien, elle grandit, elle est dans les gestes.

Presque neuve bien qu'ancienne, poudrée d'une mousseline de poussière, la valise est ouverte au milieu du lit.

Tant de questions viennent à l'esprit dès lors qu'il s'agit de préparer son bagage. Choses inutiles, choses à ne pas oublier.

Oui, il y a tant de choses qui doivent être emportées, tant laissées derrière soi. Et tant auxquelles Maria devra s'attaquer, une fois la valise remplie, refermée, prête.

Pour l'heure, elle se concentre. Il est exactement quatre heures vingt du matin, elle vient de vérifier sur l'écran du réveil, il ne fera pas jour avant un bon moment.

Les oiseaux.

Elle le dit de nouveau, sous la lumière vive. Deux années, deux mots, deux enfants. Ça semble marcher par paires dans cette affaire-là. Maria, elle, fait couple avec sa voix et celle-ci tient la note, elle est un guide, une complice inespérée.

Maria aux pieds glacés sur le parquet de la chambre, secouée de frayeur et de joie.

C'est pendant cette autre nuit de mars, deux ans plus tôt, que tout a commencé à se désarticuler dans sa vie. Ou bien est-ce avant. Va savoir où et comment les histoires prennent racine.

Quand elle n'a rien à faire et rien à penser, Maria cherche encore la chronologie. Elle a les sons, les sensations en mémoire.

La nuit du dix-sept, une heure avant minuit, Céline donne naissance à l'enfant.

Ensuite Thomas appelle pour les avertir.

Ensuite.

Ensuite William entre dans la cuisine. Maria, abasourdie, tient dans une main le téléphone, dont l'écran est noir, à quelques centimètres de son oreille. Le corps de William est trop grand. Celui de Maria a perdu l'équilibre.

Ils échangent des regards puis des mots dont le détail, cruel, lui échappe aujourd'hui.

Ensuite, les meubles et les objets. Derrière la porte. Tout explose.

Dans la cuisine les poings de Maria, posés sur la table, essaient de s'ouvrir.

Elle est grand-mère pour la seconde fois, elle devrait se réjouir. L'enfant né tout à l'heure est en parfaite santé et pèse un peu plus de trois kilos trois. C'est ce qui vient d'être annoncé par le père.

C'est la pure vérité. Mais certains détails, bien sûr, n'ont pas été précisés.

Pour son deuxième enfant, Céline a de nouveau décidé d'accoucher chez elle.

Quelques jours avant terme, le dix-sept mars vers neuf heures du soir, on sonne à l'interphone de la résidence où habite sa mère.

Maria n'attend personne. Lorsqu'elle vient ouvrir, troublée d'avoir entendu la voix de Thomas puis aperçu son visage crispé dans l'œilleton, elle découvre la présence de Marcus. Perdu dans un long tee-shirt imprimé d'un inquiétant faisceau de flammes d'où émergent ses jambes maigrelettes et nues, il se tient collé au pantalon de son père comme s'il s'appuyait à un arbre.

Au salon, William est resté assis devant la télévision, en chaussettes et tranquille. Maria ne lui jette pas un regard, elle ne voit pas son visage au moment où père et fils pénètrent dans l'appartement, suivis d'une étonnante masse d'air glacé.

Elle ignore si l'irritation de William est née plus tard ou à cette seconde précise – indiquant, et c'était vraisemblable, qu'elle couvait là depuis des semaines ou des mois. Elle ne se souvient pas très bien de lui, à la vérité. Ce soir-là, Maria ne prête pas davantage attention à son gendre, pourtant agité, moins sûr de lui qu'à l'ordinaire.

Non. Thomas, et même William ont si peu d'importance.

Marcus. Seul Marcus.

Elle s'accroupit dans l'entrée et l'enfant, ouvrant grand la bouche et les yeux, semble se déployer. Marcus n'est pas seulement heureux de la voir. Elle le fait se transformer. Il la fait se transformer elle aussi. Chaque fois.

Chaque fois ils se mêlent, ne forment qu'un seul.

Thomas prend la parole.

Les choses ne se passent pas aussi bien que prévu, explique-t-il.

Il serre contre son estomac le casque de cycliste de son fils, singeant sans en avoir conscience la panse rebondie de Céline. Ils sont venus à vélo, où qu'ils aillent ils se déplacent toujours à vélo dans cette famille-là, y compris en ce soir si particulier. Dans une minute, Thomas pédalera les cheveux au vent jusqu'à l'hôpital où la sage-femme vient de diriger la future accouchée.

Tout ira bien, donc, mais la position fœtale ou bien la fatigue de la mère font que le bébé ne pourra naître à domicile. Thomas explique mal.

Avec cet enfant-là – comme annonçant les bouleversements qui se préparent en secret –, il va falloir s'adapter.

Après son départ, Maria entraîne le petit jusqu'à la cuisine, abandonnant William devant la télévision.

Ils ont toujours besoin d'un premier moment. Mieux vaut ne rien voir de ce qui se passe entre ces deux-là lorsqu'ils se retrouvent, ne pas entendre les mots, les sons qu'ils prononcent pour renouer le lien adoré. De ces roucoulements, souffles et bruits d'animaux, William ne veut plus partager la langue primitive. Il sait trop la façon dont le corps de Maria se métamorphose au contact de son petit-fils. Marcus, âgé de trois ans, doit faire un huitième de son poids et la moitié de sa taille d'homme. Que lui reste-t-il, à lui, des bras devenus berceau, de la bouche amollie de baisers et des pupilles irradiées d'un faisceau presque surnaturel ?

Dans la cuisine, Maria sert à Marcus un verre de sirop à la pêche. Elle s'est assise sur le tabouret et le tient sur ses genoux, collé contre elle, ahuri.

Peut-être a-t-il dû supporter, avant de monter sur la bicyclette, les cris et les respirations saccadées de sa mère sur le point de donner le jour, les encouragements de son père et l'inquiétude croissante de la sage-femme.

Peut-être est-il resté l'après-midi entier sur le canapé défoncé où sa grand-mère, trois ans plus tôt, a attendu sa naissance. Ou même, sans le réclamer, a-t-il eu le droit d'assister au début du travail dans la chambre de ses parents, puisque cette chambre est aussi la sienne.

Elle n'ose le lui demander. Il existe, pour ce sujet comme pour tant d'autres, une multitude de questions auxquelles Maria n'entrevoit nulle réponse, ou qu'elle ne sait comment poser à sa fille, à son gendre, à son petit-fils.

Depuis quelques années, le couple que Céline forme avec Thomas a évolué de façon singulière. Dieu sait la procédure selon laquelle la venue de l'enfant a été imaginée. Céline veut accoucher en *accueillant la douleur en alliée plutôt qu'en ennemie* et Maria se demande si sa fille ne corse pas inutilement le programme. Envisage-t-elle de mettre bas – ce sont les mots de William – debout dans la cuisine en préparant une soupe, assise dans une bassine gonflable posée dans leur courette ou accroupie sur le sol là où ça la prendra comme, imagine-t-il, les femmes de villages lointains le pratiquent depuis la nuit des temps ? Tout semble possible avec ces deux-là.

Céline est plus inventive, plus investie, sans doute plus courageuse que sa mère. C'est l'une des raisons pour lesquelles, ce soir-là, Maria ne s'alarme ni pour elle ni pour le bébé. Sans la comprendre vraiment, elle a appris depuis longtemps à faire confiance à sa fille.

Les mollets et les doigts de Marcus sont glacés. Thomas a bien pensé au casque, mais comme souvent a entraîné son fils tête et jambes nues à travers les rues. En mars il fait frais, surtout le soir, se dit Maria avec agacement. Pour plus de sûreté elle ira vérifier que le sac à dos contient tout de même quelque chose de chaud pour le lendemain matin.

Le petit, à l'instant enveloppé de ses bras, trouvera bientôt la tiédeur des draps dans la pièce voisine. Maria a aménagé l'ancienne chambre de Céline pour qu'elle accueille au mieux Marcus. La housse de couette à motifs et sa taie assortie, achetées par correspondance, sont lavées, repassées et replacées dans le petit lit après chacune de ses visites, sous la collection de peluches. Les livres sur les oiseaux l'attendent en pile sur la table, au-dessus du coffre à jouets.

Ici, à la résidence, tout est toujours prêt pour Marcus. Dans la cuisine, l'œil et la main de William butent sans cesse sur les biscuits, les compotes, les imposants paquets de céréales au chocolat ou au miel, les crèmes à la vanille, les glaces multicolores en forme de fusée. Et dans la salle de bains sur la serviette imprimée de dragons, le shampooing doux, la brosse à dents miniature, le dentifrice à la framboise.

Ne manque qu'un berceau pour accueillir le nouveau bébé. Maria se fera prêter quelque chose, elle a déjà une piste avec une voisine. Et plus tard, pour les coucher tous deux, elle a prévu un matelas gonflable, facile à ranger sous le lit.

Tout est prêt, oui, et pourtant rien ne servira presque plus.

Cette nuit, la petite sœur ou le petit frère va naître à l'autre bout de la ville. Marcus et Maria l'évoquent sans creuser trop profond parce qu'ils ignorent vers quoi il faut creuser et ce qu'on peut trouver tout au fond. Marcus bat du pied et avale son sirop de pêche comme un médicament, gorgée après gorgée.

Ils n'ont pas peur. Céline est solide, rien ne lui arrivera. Ils en sont persuadés avec une foi naïve et semblable, l'une de mère et l'autre de fils.

Mais l'être mystérieux qui enfle depuis des mois dans le ventre de Céline est moins facile à cerner. Entre eux il pourrait se glisser pour leur faire perdre l'équilibre, fendillant le corps lumineux qu'ils composent ensemble. C'est une perspective effrayante.

Maria frotte les jambes de Marcus pour achever de les réchauffer. Elle le tient tout contre elle, comme lorsqu'il était nourrisson, enserré sous le gilet qu'elle vient de refermer autour d'eux. Surgissant de la boutonnière étirée, le gros bouton de plastique rose est leur nombril commun.

D'ordinaire, Marcus se refuse à la camisole du gilet. Il est grand maintenant, à tout moment il veut pouvoir sauter d'elle. Mais pas ce soir. Épouvanté sans doute de devenir l'aîné, il se tient tranquille. Le monde, qui bientôt va tellement changer, les fait se coller plus fort et plus silencieux.

Ils soupirent ensemble et puis Maria sourit. En buvant, Marcus a mouillé une mèche qui reste piquée au coin de sa bouche. Contre la peau de sa gorge, où niche le crâne tiédi, elle sent s'imprimer la natte qu'on y a tressée à l'arrière. En ce temps-là déjà, il porte une frange longue et les cheveux aux épaules. Mousseux, d'un blond foncé, ils forment une tignasse qui s'emmêle vite. Maria les peigne avec patience après la toilette lorsque, deux ou trois fois par mois, le garçon lui est confié pour un jour et une nuit.

Ils retournent dans le salon. Marcus est réchauffé, rassasié, il porte sur les épaules un sweat-shirt de Maria et une haute paire de chaussettes qui lui avale les genoux.

Elle se laisse tomber à côté de William sans quitter le petit des yeux. Il faut maintenant qu'on leur donne des nouvelles. Thomas appellera. Ou Céline, si elle en a la force.

On attendra sans dormir ce coup de téléphone, pendant une heure, deux heures ou bien jusqu'au matin.

Sur l'écran de télévision, un homme conduit trop vite une voiture trop bruyante. Maria est fatiguée.

Selon le souhait de ses parents, Marcus est venu au monde dans le lit maternel, aux toutes premières heures d'un matin de janvier. Maria était là. Pendant la presque totalité du travail, elle s'est tenue assise sur le canapé de la pièce voisine. Seule, les yeux grands ouverts. Une lampe ronde donnait sur le côté une lumière sourde et jaune.

Il faisait noir depuis bien longtemps lorsque, un peu plus tôt par téléphone, Céline l'avait avertie. Les contractions s'étaient déclenchées. Elle est venue aussitôt. William se levait avant l'aurore pour partir travailler, il ne pouvait l'accompagner et c'était aussi bien. La naissance est affaire de femmes, se disait Maria, même si, en ce temps-là déjà, elle avait su garder cette réflexion pour elle.

Les bruits naissaient derrière le mur puis venaient battre sur elle.

Thomas encourageait sa femme à poursuivre l'effort. De temps en temps, sa voix poignardait la maison, aiguë et puissante. Son enthousiasme un peu forcé mettait Maria mal à l'aise, et à ce malaise se mêlait la honte de le ressentir.

Il lui semblait qu'elle aurait été plus utile que ce garçon auprès de sa fille. Elle avait déjà vécu de telles heures. Mais il était le père, bien sûr, c'était sa place.

Le moment de la délivrance s'annonçait. Au son, à la tension qui filtraient à travers le bois de la porte, Maria l'a compris. Les sensations et les plus infimes mouvements de sa fille lui sont devenus perceptibles.

Sans le préméditer, presque sans en avoir conscience, elle a enlevé ses chaussures et son gilet de laine, s'est renversée sur le dossier du canapé. Chacune des étapes de la naissance de son petit-fils a trouvé un écho dans son ventre et dans ses poumons. Lorsque l'enfant a crié, elle a éclaté en sanglots silencieux, épuisée, vaguement nauséeuse.

De cela, elle n'a jamais parlé à personne.

Trois ans plus tard, au soir de la deuxième naissance, Marcus s'installe en tailleur sur la moquette du salon et entreprend de vider le sac à dos noir. Il semble aussi curieux que Maria de découvrir son contenu.

Un gilet zippé vert sort le premier et Maria hoche la tête. La fraîcheur du printemps a tout de même été prise en considération.

Puis émerge du sac une gourde cylindrique. Marcus la secoue pour s'assurer qu'elle est pleine et Maria s'agace aussitôt. N'ont-ils pas l'eau courante, à la résidence?

L'inspection du sac à dos prend presque une demi-heure. Avant d'y replonger le bras, l'enfant conserve chacun des objets qu'il vient d'en extraire de longues minutes entre ses paumes ou plaqués sur son ventre. La bouche entrouverte, il suit sur l'écran le déroulement de scènes entières – vrombissements de moteurs, entrée dans le luxueux hôtel, apparition furtive d'une arme, menace, œil fixe, hélicoptère dans le ciel trop bleu – puis retourne à sa tâche. Il n'a pas la télévision chez lui et l'appartement de sa grand-mère est le seul endroit où, malgré les consignes sévères, il peut en profiter. Ce soir, le film vient de commencer quand Thomas sonne à la porte, tant pis pour les consignes.

Après le gilet et la gourde vient un sachet de papier brun que Marcus déverse sur la moquette sans attendre. Abricots et figues sèches, noisettes et amandes roulent vers le canapé.

William ne peut s'empêcher de tiquer. Maria a passé l'aspirateur avant le dîner, la pièce est impeccable.

Il fait claquer sa langue.

Marcus !

Ils se regardent et leurs yeux se tiennent arrimés, pareillement noirs et brillants, jusqu'à ce qu'à l'écran une fusillade vienne les distraire. La pétarade passée, quelques fruits sont mollement ramassés par Marcus, une noisette croquée et puis ça arrive.

La robe sort du sac.

Pour William, c'est la première fois. Maria, elle, est déjà avertie. Un mois plus tôt, elle a croisé cette robe dans la rue.

Depuis toujours, Maria aime le contact du corps des autres, et à la fin des années 1970, elle est engagée comme shampouineuse à côté de chez elle.

À l'époque où Judith ouvre le salon, rue de la Pêcherie, Maria est disponible, fraîchement mariée, heureuse de trouver une place dans un monde qui l'intimide. Peu importe que cette place se cantonne à l'arrière de bacs en plastique, peu importe d'être chichement payée et debout presque toute la journée. Elle est sérieuse et docile. Quand Bernadette, la belle-fille de Judith, reprend l'affaire quelques années plus tard, Maria est maintenue à son poste et son salaire légèrement augmenté.

Aux heures d'affluence, elle applique les couleurs et enroule les têtes des clientes dans du film en plastique transparent. Jamais crâne n'a rebuté Maria, et ceux des habituées lui sont même devenus aussi familiers que leur visage ou leur nom. Elle compare les cuirs chevelus aux terres ensemencées où le blé, selon les endroits, pousserait plus ou moins bien. La façon dont celui-ci s'épanouit dit la richesse ou la faiblesse du sol, elle dit la pluie et le vent.

Enfant, c'est au paysage qu'elle s'était d'abord confrontée, dans la rude contrée qui l'avait vue naître. Elle avait commencé par ça. Toucher le pays. Sur les rocs pentus elle se laissait glisser, dans le courant des rivières s'allongeait sans bouger. Pour sentir les reliefs elle avait arpenté sans relâche les champs que cultivaient ses oncles. Elle s'y postait dans les angles, scrutait les zones où le grain était mal venu ou s'était racorni avant de germer. Ces franges pelées, caillouteuses, disaient la difficulté de grandir.

Sur les crânes elle découvre aujourd'hui ces mêmes terres raconteuses. Le plus souvent, la peau sous les cheveux des femmes est un territoire inconnu. Maria s'y promène, elle regarde et elle touche. Sous ses doigts, ça parle un braille qu'avec le temps elle a appris à lire.

Bien des clientes quittent le salon sans savoir que c'est aux mains discrètes de la shampouineuse qu'elles doivent leur apaisement, plutôt qu'à l'allure rétablie de leur chevelure.

Maria sait poser la paume sur une épaule et la laisser un peu, plus ou moins appuyée selon les épaules et les jours. Elle sait consoler les os, surtout s'ils sont vieux, oubliés.

La robe tirée du sac à dos est noir et rose.

Marcus la tient à bout de bras et examine avec attention les lettres imprimées le long des bordures, la fleur et le grand cœur brodés sur le plastron.

À la télévision, le film traverse une période de creux, William tourne la tête dans sa direction et fronce les sourcils. Il ouvre la bouche, il demande. Ce que c'est que ça. À qui c'est.

Dans la voix de William il n'y a pas encore de colère, Maria s'en souvient très bien, tant elle est attentive à cette minute précise. La voix de William ne trahit qu'une légitime surprise.

Marcus répond aux deux questions à la fois, il dit quoi et à qui, sans hésiter.

Il ne dit pas, *une robe*, il dit, *ma robe* pour que ce soit bien clair, fixant Maria dans les yeux. Et William se tourne vers elle, comme si son amour pour l'enfant la rendait responsable.

Puis les mouvements s'enchaînent. La musique du film s'emballe, William pose les mains sur ses genoux, Maria remonte les épaules.

Du sac, Marcus sort à présent un camion de bois qu'il fait rouler sur son bras, puis une poupée de tissu en volumineux jupon rouge. À la seconde où, dédaigneux, il la flanque sur la moquette par-dessus les amandes et les abricots secs, le canapé se met à grogner.

Marcus, Marcus !

La télévision est éteinte, le silence éclate à son tour, gris, transi.

Alors l'enfant relève le menton, roule la robe sur ses genoux, rattrape la poupée et se met à parler.

Il dit qu'il ne s'appelle plus Marcus, plus du tout, il dit que Céline et Thomas sont d'accord, ils en ont encore discuté le matin, bien avant que la dame du bébé ne sonne à la porte de leur maison, ils sont ok, ils sont très contents et maintenant le nom de Marcus doit être oublié puisqu'il s'appelle Pomme, c'est le prénom qu'il s'est trouvé, *Pomme*, un peu parce qu'il aime bien les pommes, un peu comme Tom, son ami du square, le petit brun que Maria trouve rigolo et avec qui, parfois, il partage son goûter.

Sans penser, sans attendre, Maria se précipite, glisse un bras sous l'aisselle de Marcus et l'autre sous ses fesses. Elle l'emporte.

La robe noire et la poupée rouge caracolent sur la moquette et eux s'enfuient vers la chambre où tout est prêt, la nuit, les couvertures, le verre d'eau, la veilleuse et la pile de livres sur les oiseaux.

Depuis qu'elle a atteint l'âge adulte, Maria vit dans une résidence de neuf étages au nord du quartier de la gare. Elle n'a jamais eu l'occasion ni même l'idée d'en partir. Les trois pièces ne sont pas grandes mais bien agencées, l'exposition sud-ouest est favorable à l'ensoleillement. Au cinquième étage, la part de ciel est immense.

Le balcon d'un mètre sur trois, clôturé d'un garde-fou métallique, est l'un des plus fleuris de la résidence. Géraniums, véroniques, forsythias, orangers du Mexique et fuchsias prospèrent dans les pots que William a installés et remplis de terreau peu après son emménagement, quand Céline était encore une enfant.

Malgré l'agressivité de la ville, la résidence et ses alentours sont peuplés de branches et d'oiseaux. Les plantations sont fréquentées par différentes espèces de passereaux, moineaux, mésanges et autres variétés plus difficiles à identifier. Maria les guette. Un jour, c'est un geai à l'œil fou qui se pose sur la rambarde, un autre un pigeon aux pattes boursouflées. Une corneille bleue à force d'être noire traverse le ciel. Sur le grand bouleau, là-bas, un couple assoupi de ramiers vient le soir, tandis qu'aux abords de la porte B, les étourneaux siffleurs et perpétuellement affamés s'agglutinent dans les cerisiers à la belle saison.

Et ce qui ne viendrait pas, on l'attire. Une vieille du septième étage ouvre ses fenêtres tous les jours à cinq heures. Elle appelle les mouettes et celles-ci se rassemblent aussitôt. Par magie, par dizaines, elles apparaissent devant elle en un nuage tonitruant. Jamais Maria n'a su déterminer ce qu'elles viennent chercher là, avec Marcus elle a imaginé du pain, des sardines, des crevettes vivantes, elle a imaginé qu'une mer poissonneuse emplissait chaque jour l'appartement selon le flux de marées mystérieuses, et tous deux ont souvent projeté de sonner là-haut pour s'y baigner après le goûter.

Les mouettes de la vieille madame Mouette sont devenues les mouettes de Marcus. Leurs cris tristes et marins envahissent son corps avant même que Maria ne les ait vues ou entendues, avec la seconde d'avance qu'en ce domaine cet enfant a toujours sur tout le monde. Depuis le square il en distingue souvent quelques spécimens, retardataires perdus en queue de nuée ou bien, au contraire, éclaireurs. S'il se trouve au bon moment à l'appartement, il court au balcon, lève la figure entière, donne sa bouche, ses bras ébahis.

Et Maria sourit en tendant le cou. William prend l'enfant dans ses bras et sourit à son tour, ah oui, les mouettes de Marcus. Les oiseaux de Marcus.

Peut-être est-ce en souvenir de ces instants de ravissement précoce que le garçon s'est passionné d'oiseaux.

Lui, si vif, peut se tenir de longues minutes immobile et muet, absolument écarquillé, à la renverse vers les langoureuses voltiges des hirondelles ou le buste penché en direction des jardinières où s'est aventuré un rouge-gorge.

Le doigt pointé, les yeux immenses, lui sont apparus bien avant la parole. Les oiseaux sont une extension de son être. Ceux des trottoirs comme ceux des arbres, des livres rapportés de la bibliothèque. Éclatants, ordinaires, ils repoussent les limites de leur monde. Leur monde à eux deux, Marcus et Maria.

Après la toilette ils s'installent sur le balcon s'il fait doux, confortablement allongés sur le fauteuil dont le dossier s'incline. Il examine le ciel. Elle aspire ses odeurs, shampooing, savon, relents de lessive, aspire le parfum mouillé de sa peau, algue et fruit.

Au crépuscule ils guettent les merles qui s'apostrophent d'une antenne de télévision jusqu'à l'autre. Il semble que c'est à eux que s'adressent leurs trilles, et ils leur répondent en pensée.

Bientôt, Marcus ne se satisfait plus de contemplation. Il l'annonce : plus tard, il saura voler. C'est décidé. Sa foi est si grande que Maria brûle de le croire. En place de ses bras émergeront bientôt des ailes duveteuses.

Il lui demande s'il faut apprendre, si les parents oiseaux expliquent à leurs petits comment faire. La question est d'importance et Maria n'est pas sûre de savoir répondre. Elle visualise un couple de mésanges incitant sa nichée à se précipiter du haut de sa branche, indiquant les meilleures tactiques pour réussir virages et atterrissages en douceur. Mais quoi qu'elle imagine, les oisillons finissent toujours par se fracasser sur le sol les uns après les autres. Elle serre Marcus contre elle, prise d'un léger vertige, et murmure, non, ils savent, personne ne leur apprend.

Il dit des phrases qu'elle ne comprend pas, des phrases bizarres qui la ravissent. À trois ans il déclare, je vais d'abord voler dans ma bouche. Maria trouve à ces mots une étonnante justesse. Marcus prendra son élan à travers la parole.

La formule traditionnelle convient davantage à William. Les premiers temps, il fait virevolter le gosse à bout de bras dans l'appartement, puis l'idée lui vient de fabriquer une nacelle de tissu à partir d'un tablier trop usé pour être utilisé au travail. Le garçon, posé à plat et soulevé, y ouvre les bras et glisse à travers les pièces, à cinquante centimètres de la moquette.

Ils rient ensemble, Marcus et William, ils rient souvent, ils s'écroulent sur le canapé en s'étranglant de piaillements pendant que Maria, dans la cuisine, prépare le dîner ou s'acharne à terminer la grille d'un mot fléché.

L'enfant manie les mots des adultes et s'exprime avec une aisance surprenante. La détermination de ses parents à l'éduquer eux-mêmes plutôt qu'à l'envoyer à l'école en est chaque jour confortée.

Noyés dans son babil, on reconnaît les tics verbaux de sa mère et par bribes, décousus, les discours pompeux de Thomas. Mais Marcus pioche aussi de leur côté à eux. Il dit les mots de William, il dit, *con comme la lune*. La boulangère est con comme la lune. La porte de la résidence, qui s'ouvre mal, le tire-bouchon qu'on ne retrouve pas, le garçon qui, au square, le bouscule, tous sont cons comme la lune.

Les après-midi où le petit lui est confié, il arrive que Maria le surprenne à s'entraîner dans la chambre. Dressé sur la pointe des pieds, les épaules soulevées, les yeux en dedans, il se déplie avec lenteur. Ses cheveux ruissellent devant sa figure et dissimulent le détail de son expression. Depuis la pièce voisine, Maria devine sans les voir les sourcils froncés et les dents serrées.

Il oscille, détache les bras de ses flancs, lâche prise et bascule en avant.

Mais ça ne marche pas. Il ne s'envole pas.

Pas encore.

Maria est alors le témoin bouleversé de son désarroi. Épuisé de concentration et déçu, il se laisse tomber sur la moquette à genoux, sans larmes, sans hoquets et sanglotant pourtant.

Elle sait alors ne pas l'humilier. Elle recule vers le balcon du salon et de loin elle appelle, Marcus, les mouettes, le rouge-gorge, regarde, Marcus. Et toujours, il finit par venir.

Elle le soulève et sans rien dire, sans le consoler autrement que de cette façon muette, ils s'envolent tous deux le long de la résidence. Les humains savent voler de tant de manières.

Ces moments-là, elle se sent femme de mousses et de terre, de sous-bois, tandis que Marcus, niché contre elle et les yeux levés, est un enfant de ciel.

Ça n'est pas la première fois que Maria voit la robe. C'était un mois plus tôt et c'était pareil. Le même trouble muet.

Sur le trottoir d'en face, Céline s'avançait avec son ventre formidable, un panier de paille à la saignée du coude et au bout de son bras un enfant que, de loin, Maria n'a pas reconnu. Ou n'a pas voulu reconnaître trop vite. Un enfant d'un mètre de haut, aux tresses sautillantes, un enfant en baskets et collants violets, en gilet alors que février était loin de finir. Un enfant en robe noir et rose.

Comme elle traversait la rue pour les rejoindre, interloquée, cette robe s'est élancée vers elle. Elle s'est plaquée sur son estomac en couinant de plaisir. Aucun des gestes anciens ne s'était modifié. L'élan était le même et la main de Maria, lentement, bien trop lentement, est venue se poser sur la nuque de l'enfant, sans le regarder.

Céline s'est approchée. Elle semblait disposée à répondre aux questions muettes de sa mère. Flattant la tête de son fils comme pour en garder le contrôle, elle a expliqué qu'elle l'encouragerait toujours à s'habiller à sa guise. Elle le laisserait dorénavant choisir, dans le placard le matin mais aussi à la friperie de la rue des Serments quand ils auraient besoin de quelque chose de nouveau. C'est là qu'ils avaient déniché cette robe.

Marcus peut décider tout seul de ses vêtements et de ses jeux, il a ses propres idées, et des idées géniales, hein, Marcus, elle est belle, cette robe, elle est jolie, elle te va bien.

Malgré son sourire, Céline semblait sur la défensive. Sur sa figure gonflée par la grossesse, ses sourcils dessinaient une barrière dont l'objectif évident était de tenir sa mère à distance.

Maria n'a rien dit. Rien dont elle se souvienne. Elle a remonté le zip du gilet vert pour que Marcus ait moins froid. Elle a souri, craintive.

Elle se rappelle aujourd'hui ce sourire. Pendant des semaines, il lui a griffé l'intérieur de la bouche.

Elle les a observés s'éloigner vers le square. Marcus envoyait le bas de la robe tournoyer autour de ses hanches avec jubilation. Tous les cinq ou six pas, il se tournait vers elle, lui lançait un signe de la main.

Et longtemps, longtemps, Maria les a suivis du regard, troublée, ne sachant ni que faire ni dire, et enveloppée de honte.

Plus tard ce dimanche, de retour chez elle, elle n'a pas réussi à évoquer l'incident. Elle a expliqué qu'elle avait mal au ventre et, à sa mine pâle et tombante, au papillotement de ses yeux, elle n'était pas difficile à croire. Les mots s'échappaient devant elle qui s'échappait devant William, comme si elle-même était fautive.

La robe, ou plutôt le silence qu'elle s'était contentée d'opposer à la robe, pesait en elle comme une eau lourde. C'est peut-être alors qu'étaient apparus les premiers signes de leur faillite.

Qui ?

Qui t'a fait ça ?

Maria venait de refermer la porte derrière elle et William, demeuré seul avec Marcus, n'a pu retenir plus longtemps sa question. Voilà pourtant plus de vingt minutes qu'ils jouaient paisiblement sur la moquette avec une collection de tracteurs. Maria disparue, William s'est jeté sur le mince poignet de l'enfant.

C'est toi ?

Il désignait du menton les ongles rose géranium de Marcus.

La question était claire. Était-ce lui qui avait eu l'idée de se peinturlurer ainsi, comme une fille, ou bien était-ce une nouvelle idée de sa mère ?

Docile, hochant la tête et se tortillant comme à son habitude, Marcus a raconté. Thomas avait acheté le flacon de vernis en faisant le marché la veille, et avait appliqué en rentrant la couleur sur ses ongles. C'est plus beau que le feutre, a ajouté Marcus.

Si le résultat n'était pas parfait, c'est qu'il n'avait pas eu la patience d'attendre que tout soit bien sec.

William s'est dressé, le visage contracté, et a traîné Marcus vers la salle de bains. Le matériel n'a pas été facile à trouver. Les affaires de maquillage et les jouets de bain ont culbuté sur le carrelage avant qu'il puisse s'armer d'un disque imbibé de dissolvant rose. Le petit était occupé à frotter la pulpe de son index sur une palette d'ombres à paupières et William a grogné de plus belle, frottant sans tenir compte de ses protestations, d'abord sur les ongles puis, l'opération se montrant plus retorse que prévu, au-delà, sur la peau des doigts, sur les mains minuscules. La couleur, dense et orangée, se diluait sans vouloir disparaître.

Ça ira comme ça, a dit William au bout d'un moment.

Dans le salon ils se sont séparés, s'occupant chacun de son côté en attendant que Maria revienne du supermarché. L'odeur du dissolvant les prenait à la gorge.

Plus tard, William a remarqué que l'ordre était revenu dans la salle de bains. La corbeille pleine de coton barbouillé et puant avait été vidée. Marcus trempait dans son bain au milieu d'une ménagerie de plastique, poussant des cris aigus. Ses cheveux mouillés bouclaient sur ses épaules. La peau de ses mains était enfin nette.

Après le dîner, il a vu le petit lui faire signe depuis la pièce voisine et lui sourire avec effronterie. Chacun de ses ongles était à présent recouvert d'une languette brillante, d'un rouge vif.

Maria rangeait la cuisine. Lorsque William a passé la tête, elle a soutenu longuement son regard en reposant la pile d'assiettes sur la table. Ses doigts se sont croisés sur sa poitrine, laqués du même rouge sanglant.

Le soir de la naissance, dans le salon, William a rallumé la télévision. La fin du film saura peut-être le distraire des pensées, des choses qu'il a vues. Elles se tiennent toujours là, ces choses, abandonnées sur la moquette et vaguement menaçantes. Les noisettes et les abricots secs, la robe, la poupée.

Maria couche Marcus dans la petite chambre et ânonne, sans en saisir un mot, l'histoire des flamants roses, celle qu'il aime. Elle se penche pour l'étreindre. Son tee-shirt, celui avec les flammes, sent l'odeur de Céline. Dans son trouble Maria s'étonne, non de la trouver là, cette odeur, mais que dans sa mémoire elle soit demeurée à ce point douce et intacte, riche de tant de sentiers, de panoramas minuscules.

Puis elle borde le lit, branche la veilleuse, éteint le plafonnier et se replie vers la cuisine. Il est temps de s'attaquer à la vaisselle du dîner. Elle se sent si fatiguée. Appuyée contre le frigidaire, elle laisse passer les secondes, les minutes, et respire. La couleur de Marcus flotte toujours dans sa tête.

Maria sait la couleur des gens, la couleur des sons et celle des odeurs. Les couleurs invisibles sont son secret et son privilège.

William, par exemple, est d'un pourpre dense et terreux, Céline d'un gris très doux. Une brillance d'oignon rouge jaillit de Thomas, et de la mère de Maria l'orange d'une fleur de souci. Son père n'avait pas vraiment de couleur, ou alors elle ne s'en souvient plus, n'a pas eu le temps de la percevoir. Alain, lui, vibrait d'un brun de pain brûlé qui se muait parfois en un long grésillement. Pour Maria, la frontière est mince qui sépare les odeurs et les sons.

Et puis, bien sûr, il y a Marcus.

Marcus est d'un vert splendide, celui d'une soupe de cresson saturée de crème, celui de la première peau d'une fève.

Ce soir-là, le vert de Marcus est un baume qui, dans la cuisine, l'aide à reprendre pied.

À côté William ne dort toujours pas. À cette heure, il devrait être couché, mais le bébé va naître. Il prolonge sa garde.

Maria le laisse seul avec son mécontentement. Cette fois, c'est certain, les choses sont allées trop loin. Plus les semaines et les mois passent et moins il comprend le couple absurde quoique bien assorti que forment la fille de Maria et ce garçon agaçant.

Pour des raisons obscures, liées au respect de l'environnement, de la santé, de l'humain, de l'éthique, Céline et Thomas désirent secouer le monde, et ce monde n'est qu'un vieux dessus-de-lit sur lequel Maria et William se tiennent assis, tout benêts qu'ils sont.

Maria a fini la vaisselle et maintenant tout est propre dans la cuisine, rangé dans les placards. Le téléphone portable est posé devant elle sur le bois de la table, à quelques centimètres de sa main droite. La robe noire et la poupée rouge sont chassées dans une région enténébrée de son crâne. Il n'y a plus qu'à attendre. Attendre sans savoir si Thomas va seulement prendre la peine de les prévenir. Mais attendre quand même.

De la pièce où elle a laissé Marcus une demi-heure plus tôt ne s'échappe aucun bruit. Il doit dormir, il faut qu'elle se rassure. Il dort, bien sûr qu'il dort. On peut toujours compter sur Marcus.

Maria attend et c'est long. Des larmes minuscules lui viennent par à-coups, qui ne s'expliquent pas. Elle voudrait, soudain, tenir sa fille de vingt-neuf ans sur ses genoux et la bercer en attendant la venue du nouvel enfant.

C'est à elle aussi, mère de la mère, que celui-ci sera donné. Bien naïvement, Maria se l'imagine et, dans la cuisine silencieuse, de toutes ses forces elle attend.

Maria avait vingt-sept ans quand sa fille est née. Tandis qu'elle reprenait le travail au salon, la petite entrait à la crèche et semblait s'y plaire. C'était une enfant facile, sociable, appréciée des puéricultrices. Plus tard, l'entrée à la maternelle puis à l'école primaire s'est faite en douceur.

Alain était un père investi, à la maison il aidait un peu pour l'enfant. Le couple s'entendait bien.

Mais la chance a tourné, Alain est tombé malade. Il venait de s'acheter une moto lorsque le diagnostic du cancer a été posé. Pour finir, l'engin a été plus rapide que la maladie. Céline avait quatre ans quand son père a percuté le flanc d'un camion de déménagement, à trois kilomètres à peine de chez lui.

Ce télescopage de tôle et de malheurs a laissé Maria dans un état de stupeur que seul William, des années plus tard, réussira à rompre.

Sur le plan professionnel, elle a fait montre de courage et de bonne volonté. Elle savait des choses. Lorsqu'on se retrouve seule avec un gosse, le plus important est de conserver son emploi. Et puis travailler empêche de penser. Les crânes et les shampooings, les os à réchauffer, l'ont aidée à tenir le coup. Bernadette, la patronne, approuvait son attitude et le congé modeste demandé pour la circonstance.

Maria gardait le cap.

La petite Céline a pris ses habitudes au salon, où une mère complaisante la déposait à la sortie de l'école maternelle. Les clientes retrouvaient avec plaisir le visage rond de la fillette, ses couettes, ses joues empourprées l'hiver – elles aimaient les pincer –, ses robes courtes l'été – elles tiraient dessus pour couvrir chastement la culotte. À Noël, elles lui apportaient des bonbons ou un coloriage.

Céline passait des heures silencieuses entre les fauteuils, dérangeant et rangeant et dérangeant et rangeant les peignes, les pinces et les bigoudis, parfois les cheveux tombés qu'elle attrapait par poignées, fourrait dans ses poches et éparpillait ensuite dans l'appartement de la rue de l'Ourse, trésor hérissé, blond, gris et noir qui horrifiait sa mère.

Céline, on la supportait sans mal. Elle était orpheline de père et discrète, c'était une bonne petite fille malheureuse, facile à aimer.

La nuit. Cette nuit-là. Celle de l'enfant qui vient. Elle est si longue.

Ils ne sont pas habitués à veiller si tard et, dans la cuisine, Maria s'assoupit par intermittence. Enfin, à minuit moins dix, le téléphone vibre sur le bois de la table.

Thomas, au bout du fil, est dans un état d'éveil magistral. Vibrant de joie et de soulagement, il déclare que le bébé est né.

Il prononce ces mots, exactement ces mots, voilà, ça y est, le bébé est né. Il a l'air heureux, pareil à n'importe quel homme à sa place. Dans la tête de Maria, la voix d'Alain annonçant la naissance de sa fille se superpose à la sienne.

À l'époque, le jeune père voyait en Céline le premier jalon de sa descendance. Bientôt, leur viendrait un garçon. Il avait évoqué ce fils à venir alors que la petite, écarlate et gluante, n'avait pas une heure.

Autour du berceau les deux parents se sentaient fiers. Ils croyaient encore en l'avenir.

En un mot, l'accouchement s'est bien passé. La sage-femme a été trop prudente, déplore Thomas. Ils auraient pu rester chez eux ainsi qu'ils l'avaient prévu, Céline aurait donné la vie de nouveau dans leur lit. À l'hôpital, précise-t-il comme si c'était le plus important, l'enfant est né de façon naturelle.

Debout devant la table, Maria presse jusqu'à la douleur le téléphone contre son oreille. Peu lui importe que le désir d'accouchement à l'ancienne de sa fille et son gendre ait été légitime ou non, comblé ou non, mais Thomas s'attarde longuement sur ce point.

Quelque chose cloche et il est difficile de dire quoi.

Enfin, après un court silence, le poids est annoncé. Trois kilos trois cent cinquante. À cent grammes près, se souvient Maria, c'était le poids de Marcus. Elle sourit mais à sa joie se mélange, mordante, la question à laquelle Thomas ne répond toujours pas.

Céline et Thomas n'ont pas voulu connaître à l'avance le sexe du bébé. Maria a risqué une ou deux suggestions mais ils ont gardé pour eux leurs projets de prénoms.

C'était leur secret et c'était leur droit.

Rue de l'Ourse, on a fait des paris. William a prédit un deuxième garçon tandis que Maria penchait plutôt pour une fille. Elle a fait l'emplette d'un minuscule pyjama de couleur cerise brodé d'un canard, puis d'un pingouin en peluche douce qui conviendraient pour l'un comme pour l'autre des sexes. Les deux cadeaux sont prêts, dans la petite chambre de la résidence.

Et cette nuit, Thomas résiste encore.

C'est Maria qui cède.

Elle demande. Demande si c'est une fille.

À l'hôpital, la voix recouvre aussitôt son sérieux. Le sourire disparaît. À sa place resurgissent avec force le ton pédant et le timbre nasillard qui ont frappé Maria la première fois qu'elle a entendu le jeune homme s'exprimer en public.

C'est un bébé.

Maria fronce les sourcils et aussitôt comprend. Voilà. C'est maintenant. Ils y sont.

Les explications s'enchaînent. Thomas a préparé son discours.

C'est bien simple. Ni lui ni Céline ne sont disposés à révéler le genre de cet enfant, qui, précise-t-il, ne présente aucune ambiguïté sexuelle physique.

C'est un bébé. À l'autre bout de la ligne, il répète cette phrase à plusieurs reprises.

Voilà. Ils ne diront rien. Même à sa grand-mère, ils ne diront rien de ce bébé-là. Leur enfant vaut mieux que ces fadaises de garçon ou de fille. C'est ce que ça veut dire.

Il s'agit d'un jeune être humain qui un jour, le plus tard possible ou jamais, décidera lui-même du genre qu'il souhaite habiter. Comme on choisit d'habiter, renchérit Thomas, une maison, une région, un pays.

Maria tousse.

Comme si on choisissait de telles choses.

C'est un bébé, un beau bébé, vraiment.

Thomas est nerveux à présent, il voudrait raccrocher. Un beau bébé.

Les mots de Maria ne viennent toujours pas. Un voile s'est abattu sur le portrait couvé depuis l'annonce de la grossesse, portrait céleste et bricolé à partir des souvenirs de Marcus et Céline du temps de leur naissance. Elle a peur pour l'enfant, et pas seulement que lui soit cachée, quoi que le père en dise, une malformation ou une étrange maladie. La main, le baiser et jusqu'à l'œil de Maria viennent d'être chassés du corps nouveau-né.

Notre enfant, conclut Thomas à l'autre bout du fil, est un bébé né en très bonne forme à vingt-deux heures cinquante-cinq, et ce bébé, ajoute-t-il comme à regret, ce bébé, Maria, porte le prénom de *Noun*.

Une minute à peine, le temps de demander que Marcus soit bien embrassé au matin lorsqu'il se réveillera, et Thomas interrompt brutalement la communication.

À la vérité, il n'a pas dit *Marcus*, il a dit *Pomme*. Embrasse Pomme, dis-lui que nous sommes heureux. Embrasse-le fort pour nous trois.

Lentement, Maria se laisse retomber sur la chaise et William, en pyjama, le visage empourpré, fait son apparition à la porte de la cuisine.

Elle voudrait tant réussir à déplier ses doigts. La respiration suivrait, elle le sait, douce et plus régulière. De l'autre côté du mur, William se bat maintenant avec les meubles, avec les objets disposés sur les étagères.

Jamais Maria n'a entendu semblables rugissements. Elle n'est même pas sûre de savoir contre qui ils sont dirigés. Thomas, Céline, l'un des petits. Qui d'autre.

Elle.

Le bruit empêche de réfléchir.

Tout à coup, un meuble s'affaisse, sans doute le guéridon de pin au centre duquel est posé, rarement fleuri, le lourd vase en verre hérité de sa mère. Le choc se répercute jusqu'au carrelage de la cuisine, au squelette ramassé de Maria qui avale sa salive.

Marcus est endormi, du moins elle l'espère. Le sommeil du garçon est la chose la plus importante cette nuit-là. C'est un lieu paisible où se réfugier en pensée.

Car dans l'autre pièce, à des kilomètres de la cuisine, les objets essuient la colère de William.

Soudain, alertée par le silence qui se prolonge, Maria relève la tête, laisse flotter son regard. Elle détache ses mains de la surface de la table, se lève dans le vide grésillant de la cuisine jaune, lisse sa jupe, pousse la porte vers le salon.

Dans la pièce, hormis la grande étagère de bois noir toujours appuyée au mur, plus rien n'est à sa place. Maria se retient de baisser les yeux vers la moquette sur laquelle William a précipité leurs affaires.

Elle recule d'un pas.

Par la fenêtre aux rideaux entrouverts, la nuit de mars, dans le lointain, est transpercée par les lueurs des réverbères. La nuit de mars n'est d'aucun secours.

Maria ne se rappelle pas avoir entendu claquer la porte d'entrée, ni même deviné qu'elle s'ouvrait pour livrer passage à William. L'homme avec lequel elle vit depuis toutes ces années vient de disparaître. Elle est seule dans l'appartement avec Marcus endormi.

Alors que sa vie vient de culbuter, Maria s'obstine à penser à l'enfant. De tout son cœur désorienté, elle invente une eau silencieuse qui l'engloutirait sous sa protection. Et pour appuyer sa prière, elle cligne des yeux en un rictus douloureux.

À ses pieds, masse sombre sur le brun du tapis, la robe, comme une morsure noire.

C'est Céline qui a fini par trouver le prénom du futur bébé.

Avec Thomas ils ont tant cherché, des jours, des semaines et des mois à lancer en l'air tout et n'importe quoi pour voir ce qui retomberait sur ses pattes.

Pendant la première grossesse, le prénom Marcus leur était apparu très tôt. Nul homonyme, nul écho de leurs vies passées ne venaient le polluer : un avenir tout neuf appartenait à l'enfant né cette nuit de janvier. Et le désir qu'il manifeste aujourd'hui de se prénommer autrement ne perturbe en rien leur confiance. Avec le temps, les choses fluctuent sans rompre les harmonies, *Marcus* a pris tout bonnement une apparence nouvelle. Souriants et détendus, Céline et Thomas appellent désormais leur fils *Pomme*.

Avant sa naissance, tels ces couples ordinaires qui *ne veulent pas savoir*, ils avaient sélectionné deux prénoms, l'un féminin et l'autre masculin. Cette fois, il fallait viser loin : un prénom universel, c'est-à-dire non genré, devait être trouvé.

Ils ont délaissé les androgynes habituels, Claude ou Camille, Dominique ou Sacha, trop banals selon eux. C'est hors des chemins balisés qu'ils s'imaginaient avancer.

Mais comme il est difficile à écrire, le premier mot d'une langue nouvelle ! L'enjeu était d'une taille qui, sans cesser de les exciter, les débordait souvent.

Pendant des heures ils en ont discuté, le soir, le matin, à deux ou à trois.

Hors de propos le plus souvent, une idée fusait.

Et *Jazz* ? a dit Céline en agrafant son soutien-gorge.

Et *Or* ? a dit Thomas en arrosant les avocats en pots.

Et *Bibi* ? a dit Marcus entre deux bouchées.

Thomas a cru un temps triompher, s'est entêté. Il le tenait, le prénom, qui caracolait sous leurs yeux depuis le début : *Mars*, exprimant à la fois la reviviscence du printemps et l'immensité du cosmos, était aussi le mois prévu pour la naissance.

Céline était prête à céder lorsqu'est remonté un souvenir de l'école, bientôt confirmé par une recherche sur Internet. Mars, divinité mâle comme de bien entendu, est aussi le dieu de la guerre.

La nuit, allongée sur son matelas, Céline repensait à son propre prénom. Il l'horripilait du temps de l'adolescence, à cause de cette chanteuse dont on lui rebattait les oreilles.

Les mains posées sur le renflement mouvant de son ventre, elle écoutait se croiser la respiration de Marcus et celle de Thomas, tentait d'y ajouter la sienne, venue de loin. Son souffle à elle paraissait jaillir de la moelle épinière, à l'arrière de l'enfant.

Elle sortait de la chambre, gravissait l'escalier et traversait à pas lents les deux petites chambres qui ne servent pas puisqu'ils préféraient garder Marcus, le doux petit corps de Marcus, près d'eux comme au premier jour. Sans allumer la lumière, à la seule lueur du réverbère extérieur, elle laissait son regard rouler doux sur les meubles et les objets qui semblaient ceux d'une autre famille, étrange, banale et ordonnée.

De retour dans la cuisine elle réchauffait un bol de riz, le recouvrait de kimchi tout juste fermenté et l'avalait debout, à la cuillère, avec voracité.

D'autres nuits elle pressait des citrons, préparait des tisanes de gingembre, de mélisse, de thym, de feuilles de framboisier. Elle lisait de la poésie sur le canapé, s'entraînait à respirer. Chantait à voix basse, presque à l'intérieur d'elle-même, et se berçait. Le bébé était là, dans ses mains, de l'autre côté de sa peau.

À chaque seconde elle pensait au prénom. Il était l'animal nocturne qu'elle pourchassait à travers la maison. Elle mélangeait en elle les fleuves, le ciel sauvage et les montagnes, les syllabes cognaient les parois de son crâne, ricochaient dans sa bouche avant d'exploser en mille particules scintillantes. Eden, Cosmos, Or, Swann, Candide, Bibi, Fourmi, Mars, Juin, Archipel, Mille, Jazz et Cœur tournoyaient autour d'elle. Un entassement de branches, de pierres et d'eau apparaissait dans son demi-sommeil et, contre son ventre, le frôlement de petites créatures veloutées la faisait sursauter. Le prénom allait lui venir.

Et un matin en effet, surfant sur Internet pour préparer une rencontre avec d'autres parents, son œil s'est arrêté. *L'Océan qui fait la vie et qui fera la mort, la mer sans créateur. Le concept plutôt que le dieu.* Céline a retenu sa respiration avant de poursuivre sa lecture. *Océan primordial de l'Égypte antique.*

Représenté tantôt comme un homme au corps vert ou bleu, tantôt comme une femme… C'est dans le Noun que tout être naît.

Noun.

Quand elle en a parlé à Marcus, il a souri, rêveur. Noun ! Ses lèvres tendres en goûtaient la sonorité. *Nounours*, a-t-il grogné, et Céline a souri à son tour en tapotant la joue de son fils.

Quant à Thomas, il a penché la tête et pendant plus d'une minute a écouté quelque chose qu'il était seul à entendre. Céline voyait briller ses yeux.

À la fois l'insurrection et la paix, a-t-il fini par dire en se redressant.

Céline a trouvé, leur enfant s'appelle Noun.

Une heure après le coup de téléphone de Thomas, peut-être moins, le chemin sans William commence pour Maria. Ce chemin traverse un pays de plus en plus désolé, lande inconnue et blanche dont les reliefs, arbres, taillis sous lesquels s'abriter, se sont curieusement rabougris avant de disparaître.

Trois ou quatre fois dans les semaines qui suivent sa fuite, William s'aventure jusqu'à la rue de l'Ourse pour récupérer ses affaires, mais il s'arrange toujours pour éviter Maria.

Lors d'une visite, il laisse un mot sur le meuble de l'entrée, dans la coupe en verre bleu. Maria l'aperçoit dès son retour le soir dans l'appartement et referme la porte après un hoquet de surprise. Elle dépose le trousseau de clés puis son sac aux endroits habituels. La lumière et les bruits, la faible odeur de cire, le décor patiemment construit lui sont si familiers que les retrouver ainsi inchangés malgré la présence du message ajoute à la cruauté de l'instant.

Elle se mord la lèvre, cherche ses lunettes.

C'est trop difficile, a écrit William sur un lambeau de papier bien trop grand. Le feutre bleu et le journal déchiré sont posés à côté, indiquant que le mot d'adieu a été rédigé sur place, improvisé au moment de partir.

William n'a pas signé et Maria le regrette. Bien sûr, personne d'autre que lui n'entre ici, elle reconnaît aussi l'écriture familière mais elle aurait voulu avoir sous les yeux son prénom écrit là, comme la preuve définitive de son abandon. Ou comme rien. Elle aurait voulu voir, pour la dernière fois, le prénom de William écrit devant elle.

Elle fait le tour de l'appartement sans prendre le temps d'enlever son manteau. Elle balaye chacune des pièces d'un œil hébété, entrouvre un à un les placards. Il manque des choses. Une partie d'elle la regarde faire, incrédule, effarée d'un geste auquel il lui semblait qu'elle échapperait toujours.

Pourtant, elle ne pleure pas. Elle se déshabille et enfile un pantalon confortable ainsi qu'elle le fait chaque soir. Pour finir, elle retourne s'asseoir dans la cuisine et, de son tabouret, note la disparition des bocaux de confit de canard sur l'étagère du haut.

Mais William va revenir. La vieille guitare de son père, les photos de ses fils et sa collection de ceintures de cuir sont toujours dans l'appartement. Peut-être finira-t-il par emporter des objets auxquels Maria est attachée et dont elle n'avait jamais songé qu'ils ne lui appartenaient pas.

Devant ses yeux flottent les lettres tracées sur le lambeau de journal. Confusément, elle est piquée qu'il n'ait pas pris le soin d'écrire sa lettre à l'avance, pesant les mots et les sentiments sur une feuille de papier plus convenable.

Elle se demande ce qui, pour William, est si *difficile*. Si c'est la façon dont Céline et Thomas élèvent leurs enfants, le fait que Maria pense d'abord et toujours à Marcus, sa faiblesse dès lors qu'il faut s'opposer aux lubies délirantes de sa fille.

Si c'est leurs corps à eux, devenus étrangers.

Leurs paroles. Pour être honnête, Maria a cessé depuis longtemps d'écouter ce que disait cet homme. Sans le savoir, elle l'a perdu voilà des années. De vue, de toucher, de goût, d'ouïe, d'odorat. De tout.

Tant de choses sont *difficiles*. À dire comme à entendre. À vivre.

Elle note les vides et les pleins en rentrant le soir après le travail. William finit par emporter la guitare, les photos, les ceintures et la totalité de ses vêtements, l'ordinateur portable, le tapis de la chambre et la paire de lampes en pâte de verre qui faisait si joli de part et d'autre de la baie vitrée du salon. En trois expéditions tout a été bouclé. Il n'a renoncé qu'à ses meubles, trop lourds ou trop encombrants, à la canne à pêche dont il ne s'est jamais servi, à un peigne oublié dans la salle de bains. Plus tard, elle retrouve quelques DVD achetés aux forains les jours de marché. De temps en temps, Maria en tire de l'étagère les étuis plastifiés et s'arrache les yeux à déchiffrer les résumés au dos. Elle voudrait découvrir ce qui, dans ces histoires, a attiré l'attention de William.

Au fond, elle ne sait même pas ce qui en elle a pu lui plaire.

La nuit, ses mains tâtonnent dans l'obscurité. La peau, la fourrure, les odeurs, les plis, les sources, les haleines, les zones douces et pelées. Elle les cherche. Ne trouve rien. Il est trop tard. Ses bras, ses mains cherchent pourtant, avec entêtement. Ses jambes, sa langue s'y mettent aussi, mais ne rencontrent jamais que le drap, le blanc et le noir, l'opacité de la chambre.

Souvent, trop souvent, elle pense aux avant-bras de cet homme. Elle les serre nus sous ses doigts et devine les longs os, les os de boucher. On ne peut expliquer ce que la viande vient faire là et pourtant elle vient, revient, si cruelle. La viande rousse et les os, la brique et le calcaire lui parlent de l'absent.

Au salon, dans la rue ou chez elle, à la résidence, elle pense sans arrêt à William. Elle a du mal à comprendre. Jusqu'où. Jusqu'où il vient manquer.

Pour commencer, elle ne comprend rien au silence qui s'est installé dans l'appartement et encore moins à la statique des choses. Si elle pose un objet quelque part, lisse le dessus-de-lit, met de l'ordre dans une pièce, laisse la fenêtre entrouverte en partant travailler, rien de ce qui se produisait avant – déplacement, froissement, désordre, fermeture – ne se produit.

Dans la cuisine, un ravier rempli de tranches de saucisson sec peut patienter des heures, stupide, sans que rien lui arrive de fâcheux. Maria est responsable et destinataire de tout.

Elle prévient son frère et sa belle-sœur par téléphone, n'en parle à personne d'autre. Elle sait que les mots pour dire et ceux pour penser ne sont pas les mêmes, et les uns comme les autres s'envolent dès qu'elle essaie de s'en approcher. Alors, après le travail elle s'occupe aux tâches quotidiennes dans l'appartement, se berçant de sa voix haute. Elle parle pour ne rien dire et surtout, pour éviter de ne plus avoir à parler.

Ainsi, presque malgré elle et sans que rien l'annonce, elle se surprend certains soirs à prononcer le nom de William. Elle l'appelle. Comme s'il pouvait répondre, comme s'il allait apparaître, ample et roux, bougonnant. Comme si c'était normal. Ça l'est, d'ailleurs, et le demeure intensément la courte seconde durant laquelle elle l'appelle.

William.

William !

Elle recommence pour s'écouter mieux. Rien ne cloche. Nul détecteur de mensonge ne pourrait déceler qu'elle se trouve seule dans l'appartement.

William. William.

À croire que les sons d'avant s'efforcent, avec elle, de ressusciter l'avant tout entier.

Mais William. Il ne vient pas, ne répond pas. Tandis qu'elle articule son prénom, elle sent bien qu'il se tient là, pourtant, avec sa grande carcasse, dans cet espace minuscule ouvert par les syllabes.

Pendant des mois elle le convoque ainsi de la cuisine vers le salon, du salon vers la chambre, de la salle de bains jusqu'à la cuisine. Et elle plonge dans le silence qui suit le cri avec un étonnement qui, chaque fois, grandit de n'être pas rompu.

Le premier dimanche après la naissance de celui ou celle qui s'appelle Noun, Maria monte dans sa voiture et commence ses recherches.

En fin de matinée, elle se gare à proximité de la première halle et traverse la foule. La boucherie se trouve vers le fond, sur la droite, l'enseigne rouge et blanc se distingue de loin.

Comme elle s'y attendait, William n'est pas là. La jeune caissière qu'elle connaît est absente elle aussi et personne ne prend le temps de lui répondre. Ça n'est pas le moment, il faut vingt minutes à four chaud, il faut neuf euros et dix-sept centimes, il faut la commande de madame Lampreia, il faut faire son code, il faut qu'elle les laisse tranquilles.

Elle se recule et les observe derrière leur étal, eux, trois bouchers en tablier mangé d'écume rouge, d'une bonne vingtaine d'années plus jeunes que l'homme qu'elle est venue réclamer. Ils vont et viennent dans l'étroit couloir entre la vitrine, le hachoir et les billots à l'arrière, prenant appui les uns sur les autres pour se saisir d'un morceau de viande ou d'une feuille de papier quadrillé. Ces hommes ont leurs couteaux et leurs corps en commun. Ils semblent ne ressentir aucune gêne à être ainsi continuellement en contact les uns avec les autres, reins et bas-ventre s'épongeant au passage, sans heurts, lourds et sanglants.

Un instant, elle se demande ce qu'il est advenu de leur propre chair, à tous deux. Ils se voyaient nus ou à demi nus si souvent que leurs regards roulaient, à peine gênés s'ils se croisaient assis sur les toilettes jouxtant le lavabo ou bien devant la glace, se rasant, se démaquillant, se crémant, s'épilant, se grattant, déhanchés, débraillés, entrouverts, amollis. Tels qu'ils étaient aux alentours de la soixantaine, ni plus beaux ni pires que les autres.

Voici bien longtemps que William a disparu, finalement. Ne subsistent de lui que ses mains, si vives encore dans l'esprit de Maria, ses mains savantes capables de transformer, avec une lame, une scie, un fil de coton blanc, la viande morte en une chair désirable.

Elle se souvient de l'émotion qui l'avait traversée le jour de leur rencontre. Il se tenait devant elle dans ce marché couvert, légèrement surélevé, dénervant une longue pièce de viande qu'elle ne savait alors ni nommer ni même regarder.

Placée dans son dos, de trois quarts, elle avait laissé ses yeux monter le long des bras puis s'enrouler autour des épaules et du cou. William était large comme une rivière et coulait jusqu'à elle.

Brusquement, il s'était retourné, le couteau à la main. C'était facile de voir que Maria lui plaisait.

Ils avaient parlé un moment tandis qu'il finissait d'assembler des paupiettes, puis elle l'avait accompagné au café voisin avec d'autres, le temps de sa première pause, avant l'arrivée de la masse des clients.

Veuve depuis cinq ans, trentenaire, Maria reprenait enfin corps. Il y aurait William. Les mains de William. Ses bras, ses épaules, sa bedaine déjà marquée, son œil vif. La vigueur qui en jaillissait.

Au début donc, il y a eu la chair.

Dix-neuf ans après ce premier matin, Maria se demande ce qu'ils ont fait de ces corps. Dans le brouhaha, cela lui fait honte.

Sous la halle, plus personne à présent ne lui prête attention. Elle se sent chassée et sort rapidement en se frayant d'une épaule puis de l'autre un chemin brisé entre les paniers, les caddies à carreaux et les chalands stupides, sans même acheter les fruits qu'elle avait prévu de rapporter au moins, pour dérisoire butin.

Trois minutes plus tard, dans sa voiture rangée le long des maisons basses, l'odeur de William est toujours vivante. Maria murmure son nom. Son nom dans le vide.

Les semaines qui suivent, elle sollicite à plusieurs reprises une heure ou deux de congé pour aller voir là-bas s'il y est, sans jamais fournir d'explication. Bernadette l'observe d'un œil étonné derrière ses lunettes rouges. D'habitude, quand elle a besoin de temps, Maria décampe et puis c'est tout. À son retour, elle invente des histoires. Cette fois, elle demande et n'invente rien.

Si elle se sent incapable d'évoquer avec sa patronne la rupture, elle comprend rapidement que la question du nouvel enfant sera mise tôt ou tard au programme. Bernadette s'est renseignée, elle sait que la date d'accouchement est proche, sinon dépassée. Il est plus prudent pour Maria de prendre les devants.

Un matin, époussetant un fauteuil après une cliente pour se donner une contenance, elle répète la phrase entendue un peu plus tôt au téléphone. Sa balayette virevolte.

Le bébé est né !

Les mots de Thomas éclaboussent le salon de coiffure et se mêlent aux mèches grises de madame Desserey.

Bernadette jappe avec excitation. Ooh ! Alors ? Un deuxième garçon, j'ai raison ?

Maria hoche la tête, répond sans réfléchir.

S'appelle Noun. Trois kilos trois cent cinquante. Je les verrai dimanche.

Le lendemain, elle quitte la résidence à l'aube. Bernadette est prévenue, elle arrivera en retard. Dans la voiture froide elle roule vers la localité dans laquelle William fait le marché du jeudi depuis quatre ans. Le soleil se lève.

Elle se perd.

Vers huit heures, enfin parvenue au panneau indicateur qu'elle guettait le long de la route, elle ne s'arrête pas. Elle continue sur la départementale, roulant trop vite et pleurant. Lorsqu'elle se résout à faire demi-tour, la halle se vide. Les minutes ont été aspirées dans un trou. Il est presque treize heures.

Jean-Pierre, qu'elle a croisé une ou deux fois, assure que William ne travaille plus ici, qu'il est parti sans dire où. Maria le dévisage, il n'a pas beaucoup vieilli depuis la dernière fois, il n'a pas l'air de mentir. Elle achète cent cinquante grammes de bavette comme pour le remercier d'avoir répondu et, en sortant, dépose le petit paquet sur la bordure d'une poubelle.

Elle n'arrive qu'à trois heures au salon, il y a eu des embouteillages au retour. Elle n'a pas appelé pour prévenir. Les deux heures accordées sont largement dépassées.

Bernadette est contrariée.

Au fil des semaines, Maria a parcouru cent vingt-huit kilomètres sans jamais recueillir la moindre indication sur ce qu'est devenu William.

Il ne répond pas au téléphone.

Les mois passent, elle abandonne les marchés, tente moins souvent de l'appeler.

Il est possible qu'il ait rejoint sa sœur en Bretagne, ou bien ce couple de quadragénaires avec qui il s'était lié d'une soudaine amitié quelques années plus tôt. Ceux-là ont déménagé dans le Jura à Noël pour reprendre un commerce de chocolat, il les a peut-être suivis.

Il a pu aussi retrouver ses fils, tous deux vivent à l'étranger, l'un au Canada et l'autre dans une région des Balkans que Maria ne saurait situer avec précision.

Elle pense quelque temps rouler vers la Bretagne ou en direction du Jura, elle se souvient des noms, un village dans les Côtes-d'Armor et un gros bourg aux environs de Dole. Elle pourrait essayer de mettre la main sur les numéros de ses fils. Celui qui habite Montréal était plutôt gentil.

Mais elle reste chez elle à parler toute seule.

Elle a composé une fois le numéro de la sœur et a raccroché au simple son de sa voix. Elles ne se sont jamais aimées, ces deux-là. Nadine l'a toujours mal reçue, comme si Maria n'était pas assez bien pour son frère. Comme si le fait qu'il n'ait pas pris la peine de l'épouser en disait assez long sur elle.

Ça ne servait à rien de téléphoner. Si William voulait ne serait-ce qu'un peu de la pauvre tête et du corps gris de Maria, il saurait bien se faire comprendre.

Pendant les premières années de la vie de Marcus, Maria est une grand-mère utile. Thomas travaille déjà dans cette école alternative et Céline déborde de projets. Elle réfléchit à son avenir, elle se renseigne, prend des contacts. Ses interlocuteurs sont des gens déterminés et novateurs, ils sont impliqués dans le domaine de la petite enfance, de la grossesse, de la naissance, du maternage, de l'alimentation.

Maria ignore les détails. Elle n'a pas dû écouter assez attentivement lorsque sa fille, les premiers temps, a tenté de lui exposer l'affaire.

Elle aurait dû s'intéresser, pourtant.

Ça concerne l'entière éducation de Marcus, répétait Céline. Sa construction, sa vie. Ça englobe le monde, l'avenir, c'est bien plus grand que nous.

Mais Maria n'a rien retenu.

Elle se fiche bien de l'avenir du monde, après tout, avec Marcus ils se suffisent.

Durant cette période de mise en place du programme, Maria est donc un relais appréciable. Par une sorte de magie, qui jamais ne paraît intriguer ni Thomas ni Céline, elle se trouve toujours disponible à la minute où on l'appelle. Elle accourt et prend le petit en charge, à la résidence ou même sur son lieu de travail.

Pourtant, les choses ont changé depuis la petite Céline au salon. Marcus touche à tout et ne remet rien à sa place, il toupille entre les fauteuils, il parle trop souvent et trop fort. Cet enfant agité qui n'est orphelin que de son grand-père n'attendrit pas longtemps les clientes.

Derrière les bacs, Maria partage l'impatience du petit. Elle aussi se languit des oiseaux et du ciel de la ville. Les crânes des clientes peinent à retenir son attention, elle bâcle shampooings et massages.

Alertée, Bernadette finit par mettre le holà. Marcus est interdit de salon du jour au lendemain. Maria doit trouver une autre solution.

Il faut de l'air.

Il faut mentir.

Ainsi, peu à peu, les choses changent dans la vie de Maria.

Changent avec Marcus. En partie à cause de Marcus. De la façon dont Thomas et Céline envisagent d'être ses parents. De la façon dont elle envisage d'être sa grand-mère.

Le nouveau-né pousse bien. Il a l'air parfaitement ordinaire, semblable à celles et ceux de son âge. De loin en loin, Maria le constate avec soulagement.

Elle se tient sur ses gardes, elle observe les règles. Elle caresse l'enfant du regard sans oser le toucher.

Avant tout, il faut dire *Noun*. Céline et Thomas répondent à toutes ses questions sur un mode immuable. Un mode neutre. C'est ainsi, elle doit l'accepter.

Noun grandit bien.

Noun a beaucoup changé.

Noun ne pleure pas souvent.

Noun va bientôt faire ses nuits.

Noun a bon appétit.

Noun a toujours des coliques vers six heures.

On est autorisé à dire *le bébé*, comme au premier soir, mais à aucun moment ne seront risqués ni accord ni pronom. Le pronom ne se prononce pas, fanfaronne Thomas. Vers cinq, six ans ou plus tard encore, Noun choisira le plus adapté. Il ou elle. Celui qui lui plaira. Il sera même envisageable que Noun en change de temps en temps. Elle ou il. Marcus suivra le pas s'il le souhaite. On verra bien. L'aventure s'annonce passionnante, prévoit Céline aux yeux brillants.

Un enfant, une enfant, le mot lui-même n'est pas genré, poursuit Thomas. Les gens ont tendance à l'oublier. Noun est libre et attendra le plus longtemps possible avant d'être genré(e).

Genré. Maria n'arrive pas à se faire à cet adjectif.

Sans relâche, il lui faut se méfier d'un être innocent, trouver des échappatoires. Tourner sept fois sa langue dans une bouche où tant de mots sont tapis. Il faut dire, ce matin Noun est vraiment en forme, parce qu'on ne peut savoir si Noun est content ou contente.

Maria ignore les mots que Marcus et ses parents utilisent entre eux, mais devant les autres ils disent Noun sans jamais se laisser distraire. La différence est grande, pourtant : ils disent Noun pour maintenir entre eux le secret. Maria le dit parce qu'elle en est exclue.

Au début, incrédule, elle tente sa chance. En tête à tête avec Marcus peu après la naissance, elle risque une question tournée de telle façon que l'enfant devrait lâcher le morceau malgré lui. Mais à l'entendre répondre avec une prudence réfléchie, elle se sent honteuse d'avoir même songé à le piéger, puis révoltée du secret auquel on le force, lui, l'adoré, qui n'est pour rien dans l'histoire. Marcus a reçu des consignes auxquelles il se soumet avec courage. Tant qu'on le lui ordonnera, lui aussi dira Noun.

Elle cesse de le questionner.

Il suffit de se maîtriser. De se contrôler. Dire Noun, bon Dieu, ça n'est pas compliqué. Eux ont l'air de s'y être habitués sans mal.

Pauvre Noun, se dit-elle. Pauvre Noun et pauvre Maria.

À plusieurs reprises, elle prend le nourrisson en photo avec son téléphone portable et de retour chez elle examine longuement son portrait, traquant les stigmates, les ressemblances possibles. Elle sait ces pistes trompeuses. Les filles sont parfois le portrait de leur père, les garçons de leur mère. Ou un parfait mélange des deux. Céline a le nez fort, les paupières immenses et lisses, la silhouette, la nature des cheveux de sa mère, mais les doigts carrés, le pied cambré, le crâne aplati à l'arrière, le teint crayeux et les mimiques boudeuses d'Alain.

Une vague conclusion finit pourtant par se dessiner. Maria a tranché. Dans l'ensemble, Noun a plutôt l'apparence d'une fille. Ça ne s'explique pas, c'est un ressenti dont elle ne peut s'empêcher de chercher confirmation par tous les moyens. Certains jours, certaines heures, elle n'est plus si sûre. Ce froncement des sourcils, cette énergie dans les jambes donnent au bébé l'expression affirmée d'un garçon. Le seul fait d'associer ces termes en pensée, *affirmé*, *énergie* et *garçon*, est déjà coupable, elle le sait et se mord la lèvre.

Les mois passent et le couple s'obstine. Avril, mai, juin, juillet, août. Contre toute attente, toute logique et toute charité, ils ne cèdent pas. C'est encore et toujours non.

Un non affolant, un non de pierre dure.

Thomas a menti, l'autre nuit au téléphone. L'enfant né le dix-sept mars n'est pas un bébé. Ce que Céline a mis au monde est le chagrin de sa mère, sa crainte de mal faire, de mal dire, de mal penser, c'est sa honte, sa rage inexprimable.

Alors elle se tient coite, Maria, docile, ravalant au fond de sa gorge les *il* et les *elle*. Elle bouillonne de dépit, de colère, mais mastique l'os qu'on lui octroie : elle dit Noun en attendant des jours meilleurs.

À écouter et accompagner le jeune couple depuis leur rencontre, il semble pourtant à Maria qu'elle-même a évolué. Du temps de l'enfance de Céline, jamais elle n'aurait pensé lui acheter un camion de pompiers, par exemple. Un arc et des flèches. Pour quoi faire ? Les filles n'y jouaient pas. Ni Alain ni William ensuite n'avaient tapé dans un ballon avec elle. Dans ses robes courtes et roses, Céline passait des heures à s'occuper sans faire de bruit et sans courir.

Depuis, les habitudes et les points de vue de Maria se sont transformés.

Pour commencer, les cheveux longs de Marcus et les couleurs de ses vêtements ne la choquent plus depuis longtemps.

Elle a accepté que sa fille adolescente ne l'appelle plus maman mais Maria, de la même façon qu'elle appelait William celui qui avait fini de l'élever sans être son père. À sa suite, Marcus désigne sa grand-mère par son prénom plutôt que mamie, mamou ou mémé, et c'est tout aussi bien. Le petit possède sa propre diction, il sait transformer la Maria de tout le monde en sa seule Maria.

Céline et Thomas ne se sont pas mariés, et elle l'a accepté aussi. L'année de la naissance de leur fils, au début de l'été, ils ont célébré leur union à leur manière singulière, sans maire ni curé, dans un hangar loué à la sortie de la ville. Leurs amis et une partie de la famille se sont réunis entre les cloisons de métal surchauffé. Céline portait une robe rouge et brodée, des sandales plates en cuir naturel. Ses cheveux détachés, piqués de fleurs et légèrement ondulés par sa mère, lui tombaient au-dessous des épaules. Thomas tenait Marcus presque nu dans ses bras.

Elle était tellement belle, sa fille, Maria la revoit.

Elle avait pris de l'assurance. Elle avait la parole et le geste. Elle semblait heureuse avec son bébé et son Thomas en pantalon de toile et chemise à rayures.

Oui, ils étaient beaux ce jour-là.

Maria n'y a jamais réfléchi jusqu'ici mais commence à s'interroger sur les stéréotypes de genre. Elle repense à son frère. Leur mère l'avait poussé vers des études de comptabilité tandis qu'à dix-huit ans elle-même était dirigée vers le mariage et la vie active. Elle repense aux débordements de colère, au négligé dans la tenue qu'elle avait été priée d'éviter, aux sanglots qu'on l'avait empêché, lui, de verser quand leur père les avait abandonnés pour faire sa vie ailleurs avec une collègue.

Car à force de Céline, à force de vie, Maria a mûri. Au square elle s'agace aujourd'hui de ces mères ou de ces nounous qui exhortent les filles à toujours se tenir propres et coiffées, partageuses, à lâcher tout de suite ce bâton s'il te plaît, les garçons à shooter plus fort, à ne pas se laisser marcher sur les pieds et cesser les pleurniches.

Après tout, les filles ont droit aux petites voitures, aux pistolets, au noir, les garçons aux poupées, aux dînettes, au violet. Elles peuvent courir, jouer au football, briller en mathématiques, devenir bûcheronnes ou chefs d'entreprise. Ils peuvent renifler les fleurs, aimer les livres et la gymnastique. Plus tard, ils joueront de la harpe et encadreront les gosses à la crèche.

Oui, Maria est d'accord avec tout cela. Porter des jupes de la longueur qu'on veut, travailler à salaire égal, divorcer, avorter, décider, bien sûr qu'elle est d'accord. Qui ne le serait pas ?

Un jour, alors qu'elle se lance et évoque le sujet devant Céline, elle surprend son regard, mélangé d'étonnement et de consternation. Maria a la sensation d'avancer, mais marche loin derrière sa fille.

Marcus, quant à lui, ne s'appelle plus Marcus mais *Pomme*, ainsi qu'il l'a décidé. Maria reste seule à garder l'ancien prénom dans la bouche.

Pomme, à sa façon, est plus ridicule encore que *Noun*. S'il était là, William ironiserait sans fin sur le caprice d'un gamin de trois ans autorisé à changer son prénom. Il l'appellerait *Banane*, *Ananas*, il l'appellerait *Choucroute* pour le taquiner. Et personne n'aurait envie de sourire.

Marcus. Elle veut ce nom-là. La sonorité étrange, étrangère, qui l'a déstabilisée les premiers temps lui semble à présent incarner, non seulement ce garçon-là, mais une période de son existence à elle, traversée d'une invraisemblable lumière. C'est un morceau de sa propre chair qui reste accolé au nom de Marcus.

C'est un dimanche après-midi. Elle en est certaine. Avril. Ou alors mai ou juin. Il fait beau, et le soleil rend les choses faciles. Maria ne se souvient plus aujourd'hui de la date exacte mais elle se revoit, vêtue d'un pantalon blanc et d'un tee-shirt imprimé à manches courtes, dans l'avenue tranquille qui prend à droite juste après chez Céline.

Pour la première fois, elle se promène avec sa fille et ses deux petits-enfants. Ils cheminent sous les arbres déjà bien feuillus, d'un pas lent.

À eux tous, les quatre, ils prennent la largeur du trottoir. Elle tient Marcus par la main, qui tire sur son bras pour qu'elle avance plus vite ou s'attarde aux côtés d'une voiture ou d'un arbre ou d'un portail ou d'un mur ou d'une crotte de chien. Céline porte le bébé, maintenu contre sa poitrine par un savant enroulement de cotonnade rouge.

Une simple balade en famille, un dimanche ordinaire de printemps. Il fait si doux sous les arbres.

Au coin de la rue, à une trentaine de mètres au-devant, Maria a aperçu cette femme dont le nom lui échappe, une cliente du salon de coiffure qu'elle n'a jamais revue ensuite.

C'est une blonde, élégante et belle malgré des jambes un peu lourdes. Elle a repéré le petit groupe qui s'avance au loin, et elle attend, souriante.

Elle embrasse Maria, pépiant, s'exclamant, salue Céline qu'elle ne connaît pas, caresse la joue de Marcus en manière de bonjour et tente d'entrevoir la figure du bébé. Elle sent férocement la rose, ou plutôt le loukoum et le sucre cuit.

Elle demande l'âge.

Céline répond. Comme le font souvent les mères de si jeunes enfants, elle compte en semaines dont Maria a perdu le compte.

Le crâne qui surgit sous le menton de sa mère est d'un velouté déjà brun, vigoureux et brillant. La femme y risque le nez puis s'incline vers Marcus.

Malgré la queue-de-cheval et le caleçon de jersey mauve, le tee-shirt Spiderman ne laisse aucun doute possible. L'aîné est un garçon.

Elle demande alors si le second est une fille. Elle aime tellement les bébés. Le fameux *choix du roi*, peut-être ?

Ses mains frémissent, sa voix dérape dans les aigus.

Maria se crispe, mais Céline demeure sereine. Elle se balance pour continuer à bercer l'enfant et pour toute réponse brandit les mots magiques. Nul ne parviendra à l'intimider ni à la faire dévier de sa route. Elle dit Noun, elle dit, c'est un bébé qui s'appelle Noun.

Aux yeux de Céline fichés dans les siens, lourds, insolents, puis à ceux de Maria, fuyants, la blonde pressent le malaise et pourtant elle s'obstine, les sourcils froncés, un petit bonhomme ?

Céline est patiente. Elle répète sans hausser la voix, un bébé. Elle hoche la tête avec un sourire mat, c'est un bébé, puis se racle la gorge en changeant de pied d'appui, la mine vaguement ennuyée.

La femme se tourne alors vers le frère aîné, lui demande son prénom. Marcus l'observe sans ouvrir la bouche et, au moment où Maria s'apprête à répondre à sa place pour rompre le silence, il articule Pom-me, de sa voix ridicule et sucrée.

Tom ? demande l'autre, encore pleine d'espoir.

Pomme, dit Marcus.

Il y a un blanc. Il fait chaud. Le sang de Maria bat trop fort, trop vite et vient par flots dans ses oreilles, cogne sous ses clavicules.

Mais dans sa main, tout à coup, la main de Marcus, redevenue vivante.

Ils se sauvent. Ils courent comme deux gosses mal élevés. Sans dire au revoir, ils tournent en vitesse le coin de la rue des Gardes et ils la trouvent qui les attend, comme une évidence, une apparition. Perchée sur un portail métallique, magnifique, une tourterelle gris et rose.

Jusqu'à la fin de cet été-là, Marcus est là pour réconforter Maria.

Entre ses interventions dans son association de parentalité nouvelle, la chaleur estivale et le nouveau-né toujours collé à son sein, Céline est éreintée. Maria la soulage volontiers et peut ainsi profiter de l'aîné.

Elle aime tant aimer cet enfant. Ensemble ils s'émerveillent du monde. Ils regardent le ciel à travers un cerisier. Ils distribuent des graines et des miettes dans les rues du quartier. Mâchent de la neige, crachent des noyaux, découpent des images, donnent des restes de jambon au chat qui erre le soir rue des Oubliés. Pour attirer les merles ils enfilent des triangles de fruits trop mûrs sur du fil de fer et les tendent entre les arbustes du balcon de la résidence.

Ils se demandent à quoi ressemblerait leur vie si, au lieu d'être un petit garçon et sa grand-mère assis dans une cuisine de cinq mètres carrés, ils étaient deux phacochères dans la savane ou deux libellules sur les rives d'un étang en juillet.

Ils observent follement les oiseaux. Ramassent une invraisemblable quantité de plumes sur les trottoirs, les pelouses et les allées des parcs. Pigeon, mais aussi pie, corneille, mésange, canard et étourneau font partie de leur collection. William, en son temps et revenant des marchés, y a ajouté le faisan, la pintade et le poulet de Bresse.

Maria annonce les noms des oiseaux et Marcus s'efforce de les retenir, brandissant les plumes correspondantes à quelques centimètres de ses cils. Pour celles dont elle n'a su déterminer l'ancien propriétaire, elle invente des cigognes et des aigles, des colibris de la taille d'une mouche, des oiseaux de paradis égarés, des perroquets gris du Guatemala qui migrent vers les mers glaciales, juste pour voir et raconter ensuite à leurs amis perroquets à quoi ressemble la ville où habite un garçon qui s'appelle Marcus.

Quand grand-mère et petit-fils sortent de la résidence, ils emportent un panier en plastique pour y déposer leur cueillette et il est bien rare qu'ils rentrent bredouilles.

De retour à la résidence, Maria désinfecte à l'alcool puis nettoie chacune des plumes avec précaution, à l'eau tiède et au shampooing doux. La collecte est mise ensuite à sécher sur le lit de la petite chambre, par ordre de taille.

Marcus les trouve en arrivant la fois suivante. Il pousse des cris, il pousse des silences ébahis. Les plumes sont propres et lissées ou bien gonflées selon leur nature, il peut les toucher, les passer le long de son nez pour en éprouver les textures, laissant jaillir de longs trilles entre ses dents serrées.

Les premiers temps elle l'entend qui leur parle, hochant la tête, décidant qui est ami avec qui ou quelle petite plume est le rejeton de quelle grande. Plus tard les conversations de bébé cessent et Marcus passe des heures à composer des figures en plumes ou des ailes bancales sur la moquette du salon.

De son côté, Maria s'efforce de consolider son vocabulaire pour le lui enseigner plus tard, mais s'embrouille entre les rémiges primaires, secondaires et tertiaires, les tectrices, les rectrices et les scapulaires, les duvets, les alules, les couvertures, les plumules et les filoplumes.

En attendant, ils choisissent les noms qu'ils attribueront à chacune d'entre elles. À moins de quatre ans, malgré son goût pour le langage Marcus est trop jeune pour un tel glossaire, mais il est assez grand pour le reste, le sérieux, la curiosité de la quête, l'immensité des possibilités qu'elle ouvre. La joie. Les mains données.

Et rien n'a d'importance que d'être ensemble avec leur trésor.

Ils rêvent d'en faire et d'en voir toujours plus. Ils se bercent. Ils creusent des terriers et se construisent des nids dans les bras l'un de l'autre.

Un après-midi, au square, Marcus aperçoit une perruche d'un vert cru en haut d'un platane.

Les perruches à collier s'installent en ville depuis quelque temps, venues d'on ne sait où, échappées, s'implantant et pillant, dit-on, les nids des autres oiseaux pour se glisser à leur place dans les trous des arbres. Maria et Marcus ont appris à reconnaître leurs cris.

La perruche se tient à quelques mètres d'eux. C'est une chance d'en surprendre une d'aussi près, Maria est excitée comme à cinq ans elle l'aurait été de croiser un rhinocéros devant son école. Elle la photographie avec son téléphone. Bien sûr, sur la photo cent fois réclamée, cent fois regardée, ne se détache qu'une ombre brune parmi les feuilles au lieu de la phosphorescence attendue. Mais tous deux, penchés vers l'écran, les cheveux mélangés, savent qu'elle leur appartient.

Ce soir-là, en attendant l'arrivée de Thomas ils écoutent les merles sur le balcon, pelotonnés dans le fauteuil inclinable. Le menton posé sur le crâne du petit, Maria a les larmes aux yeux. Avec les oiseaux et Marcus, elle a la permission d'être émue sans devoir dire pourquoi.

Céline se sent fourbue.

Le bébé qu'elle emmène partout commence à peser sur ses cervicales et, la nuit, malgré la chaleur, ses bruissements de succion la font frissonner des chevilles jusqu'au cou. Le nombre et la durée des tétées paraissent ne jamais décroître.

Malgré les mesures prises pour l'occuper et le rassurer, Marcus s'est changé en un petit garçon capricieux. Son père a beau faire sa part, les journées trop courtes sont interminables.

Céline organise un peu partout des séances de groupe et doit répondre aux incessantes questions de parents déboussolés ou curieux qui, comme eux, veulent repenser leur façon d'élever leurs enfants. Le téléphone sonne du matin au soir.

Elle aimerait pouvoir se plaindre, ne serait-ce qu'un peu, mais l'ambition de leur projet ne supporte aucun fléchissement. À ce jour, avec l'aide de Thomas elle tient bon, mais accuse le coup.

La perspective de passer voir sa mère ne l'enchante guère, mais elle a promis. À Maria. À Marcus, surtout, qui clopine vers la résidence en battant des bras, trois mètres devant elle. Il connaît la route, il l'aime, cette route, ce qu'elle promet. Céline l'a aimée aussi, autrefois.

Ils s'engagent dans la rue de l'Ourse, à peine plus en retard que les autres jours. Là-haut, des mouettes se lamentent dans le ciel presque blanc.

Maria a préparé du chocolat chaud et déverse une pleine boîte de biscuits sous le nez de Marcus, dans le plat à bordure dorée habituel. Des gâteaux à la farine biologique, saveur framboise, achetés spécialement.

Chaque fois, Céline réclame du chocolat à l'eau ou au lait végétal, et chaque fois Maria prétend avoir oublié ce détail. Décorée d'une vache goguenarde, la brique de lait entier se dresse sur le plan de travail le temps de la visite, comme un reproche rouge.

Ce jour-là, Céline ne cherche pas à vérifier si tout a été fait dans les règles, elle sait bien que non. Elle trempe à peine ses lèvres dans la tasse tandis que Marcus vide bruyamment la sienne, exigeant davantage de sucre. Plus tard, elle voit Maria lui glisser dans la main ce qu'elle suppose être l'un de ces bonbons gélifiés interdits. Elle tourne la tête, contracte les mâchoires. Il est trop tard pour faire l'éducation de sa mère.

Les ongles mandarine de Marcus luisent au-dessus des biscuits. Comme les yeux de Maria, songeurs, en suivent le papillonnement, Céline prend les devants.

Il n'y a pas si longtemps, les hommes en Occident se maquillaient tous, tu sais. Quelques siècles, précise-t-elle. À l'échelle de l'humanité, tu imagines.

Oui, répond Maria qui n'imagine pas grand-chose.

Marcus est à présent occupé à sortir ses jeux du coffre de plastique dans la chambre voisine et les couinements de Noun s'amplifient sur le canapé. Céline est lourde sur sa chaise. Bientôt, il faudra allaiter le bébé. Maria se lève, s'accroupit, examine l'enfant avec une dévotion craintive. Elle glisse un index entre les petits doigts et bat sans un mot une cadence trop rapide pour être joyeuse. Autour de sa bouche, le rouge à lèvres s'échappe en éclairs minuscules. Comme des flèches, remarque Céline.

Autrefois, elle souhaitait tant ressembler à sa mère.

Maria contourne le canapé. Elle se penche pour caresser les cheveux de Noun et puis s'enhardit, masse du bout des doigts le crâne délicat. Leurs deux visages pareillement étourdis de bien-être, la rondeur des mentons et leur carnation pâle les font se confondre un instant dans l'œil de Céline.

Au début, elle voulait lui dire. Pour le bébé. S'il n'y avait eu qu'elle, Maria aurait été au secret.

Mais Thomas l'avait convaincue. Si sa mère savait, tout le salon de coiffure, c'est-à-dire toute la ville, saurait. En cédant pour Maria elle céderait pour William, pour Claire et Cédric, pour les Bordier, les Gomez qui se précipiteraient pour informer Mélanie, les Craille et les Kopp. Autant mettre un faire-part dans le journal. Si elle flanchait une seule fois, rien de ce qu'ils avaient imaginé n'aurait plus de sens.

Bien sûr, Thomas avait raison. Seul Marcus aurait connaissance du sexe de l'enfant.

Et même à lui, ils ne l'annonceraient pas. Ils laisseraient faire les choses. Les deux petits se verraient nus chaque jour, ils vivraient ensemble sans se plier aux attitudes, aux jeux imposés par la société. L'aîné prendrait les choses avec naturel, comme le ferait chaque individu si on avait la sagesse de lui ficher la paix. Ça tombait sous le sens, disait Thomas. Allégés de ce carcan, Noun et Marcus donneraient le meilleur d'eux-mêmes.

C'était d'ailleurs, à quelques épisodes près, ce qui s'était passé. Il fallait tenir bon.

À côté, Marcus chantonne. Noun et Maria font connaissance, et Céline se souvient combien les mains de sa mère étaient douces, autrefois, sur sa peau à elle.

Au début, oui, à l'instinct, elle voulait le lui dire.

Sa faute. C'est sa première pensée. Sa faute à elle. À force d'être inventés, les malheurs finissent par fondre sur vous.

Ça arrive en septembre, un mardi ou un mercredi, au début de l'après-midi. Maria commence un shampooing et le nom de sa fille s'affiche sur l'écran de son téléphone. Lorsqu'elle décroche, la panique fait remonter dans la voix de Céline des inflexions enfantines.

C'est Marcus. Il est tombé contre l'arête d'un radiateur et s'est ouvert l'arcade sourcilière. Ça saigne pas mal, ça saigne beaucoup, on va certainement recoudre. Il faut qu'elle vienne, qu'elle arrive illico et attende dans la maison avec le bébé endormi le temps que Pomme soit conduit au dispensaire ou aux urgences à l'hôpital.

À ces mots, mêlés aux glapissements stridents de Marcus, quelque chose se fige à l'intérieur de Maria.

Car la honte s'ajoute à l'inquiétude de savoir son petit blessé.

La honte de tous ces jours où elle a menti à sa patronne pour justifier ses brusques absences, invoquant des coupures, des brûlures ou des intoxications dont Marcus aurait été la victime : noisette fourrée dans le nez, doigt de pied cassé sur un toboggan, fer à repasser ricochant sur la jambe, index entamé au rasoir, gorgée d'adoucissant, capuchon de stylo, feuilles de ficus, bille d'argile.

Chaque fois, Bernadette la regardait en fronçant les sourcils rassembler ses affaires avant de déguerpir pour voler à son secours.

D'où lui sont venues ces idées ? Voudrait-elle au fond un mal obscur à l'enfant adoré, à sa fille ? Ne pouvait-elle expliquer simplement que Céline avait besoin d'elle au lieu d'inventer tout ça ? Y penser tout à coup la remplit d'effroi.

Cette fois, elle ne s'embarrasse pas de prétexte. Il faut faire vite. À Bernadette, qui la guette par le biais du miroir, elle lance quelques mots et se saisit de son sac sans s'excuser auprès de la cliente qui l'attend au bac, encore enshampouinée.

La porte est grande ouverte à cause de la chaleur, Maria bondit dans la rue comme une biche traquée. Derrière elle enfle la colère de celles qu'elle vient de quitter. Cette colère est aussi la sienne, qui ne sait se retourner que contre elle-même. Il faut courir vite pour y échapper, pour ne plus penser.

Lorsqu'elle apparaît devant la maison, essoufflée, Céline est dans la courette, occupée à décadenasser son vélo. Marcus porte déjà son casque. La mauvaise humeur semble avoir remplacé la panique.

Maria examine la plaie. C'est ouvert sur trois centimètres au-dessus du sourcil droit, nettement et pas trop profond. Céline a pris soin de nettoyer mais, sur la tempe subsiste une trace brunâtre que, du bout du doigt, elle efface. Le petit transpire de façon anormale. De grands cernes cuivrés dessinent sous ses cils des rives boueuses qu'elle embrasse brusquement.

On y va, dit Céline.

Noun a pris sa tétée et dort depuis un quart d'heure, Maria n'a qu'à s'asseoir dans le salon ou sur le banc ici, dans la cour. Si la porte reste ouverte on entend très bien.

Thomas est injoignable, elle espère qu'ils ne seront pas longs mais avec les médecins, on ne sait jamais. Il n'y a rien à faire, insiste Céline, attendre et surtout ne rien faire.

Marcus ne pleure plus. Maria lui baise les mains et murmure dans son cou des phrases qu'elle aurait voulues plus solides et plus douces. Le petit fronce le nez avant de se détourner d'elle en geignant. Les yeux, les bras de sa grand-mère lui ont toujours mieux parlé que ses mots.

Céline l'installe sur le siège fixé à l'arrière de sa bicyclette et quand Maria veut l'aider à boucler la ceinture, sa main est repoussée.

Elle fait un pas de côté, ils s'éloignent.

Elle referme le portillon et s'avance vers la maison silencieuse. La rue est calme. Elle pourrait, c'est vrai, patienter au-dehors. À l'intérieur il fait encore plus chaud, encore plus lourd. C'est en tout cas ce que sa fille aurait souhaité. Qu'elle reste à la lisière.

Depuis la naissance de Noun, on tient Maria à distance. Sans le dire vraiment. Les yeux qui fuient les siens, la main, la joue qui se dérobent sont les premiers signaux.

Lorsque Maria tend les bras vers le nouveau-né, se propose pour le bercer pendant les pleurs ou au moment du rot, on trouve des esquives. Il arrive qu'elle l'effleure, lui masse légèrement le crâne ou les pieds sous la surveillance de Céline, mais jamais, ne serait-ce qu'une minute, elle n'a été laissée seule avec lui.

Avec lui, avec elle, elle se sent toujours fautive. Rien qu'en regardant, rien qu'en y pensant en secret.

Oui, elle devrait s'asseoir sur le banc, les jambes l'une à côté de l'autre, les paumes sages posées sur les genoux. Attendre sans bouger qu'ils reviennent et lui donnent congé.

Mais à pas lents elle gravit les marches qui mènent dans la maison de Céline et dépose son sac sur une chaise dans l'entrée. L'odeur, comme chaque fois, la saisit. C'est une odeur illisible, une odeur orange dont elle ne saurait dire si elle est agréable ou infecte. Cette odeur exprime l'écart qui la sépare aujourd'hui de sa fille.

Elle ne se rappelle pas depuis combien de temps elle n'a pas franchi ce seuil. Deux mois. Peut-être trois. Trop longtemps en tout cas.

La dernière fois, se souvient-elle, elle s'était réfugiée auprès de Marcus dès son arrivée et, comme à l'ordinaire, il était venu s'agripper à son cou, à ses cheveux et ses bijoux. L'odeur de la maison avait alors laissé place aux sensations familières. Inaudible d'abord puis enflant vers un pépiement suraigu, leur dialogue d'oiseaux avait pu renaître. Marcus l'avait entraînée vers sa chambre, tapissée de matelas de différentes tailles posés sur le sol. Maria était mal à l'aise. Cette chambre est aussi celle du bébé, celle des parents. Des journaux grands ouverts, des écorces de pamplemousse, des tasses de tisane refroidie, des soutiens-gorge d'allaitement et des slips traînaient dans les coins. Elle n'avait pas envie de côtoyer ces choses. Ils ont ouvert la porte de la cuisine. Sur le fourneau bouillottait une mixture inconnue dont le fumet appétissant éveillait leur curiosité. Maria a soulevé le couvercle pour y jeter un œil. Le petit gloussait dans ses bras.

Elle sourit en y repensant.

Mais aujourd'hui Marcus n'est pas là.

Cet après-midi de septembre, elle entre seule dans cette cuisine. Les mouchoirs en papier qui ont servi à éponger le front ensanglanté du petit sont éparpillés sur la table. Elle les fourre dans la poubelle sans examiner son contenu, comme elle le fait de temps en temps. La tentation est grande, mais elle essaiera de ne pas se montrer trop curieuse. Oui, elle essaiera.

Elle s'approche de la cuisinière.

Un reste de coquillettes d'une couleur sableuse se dessèche dans une coupelle au bord de l'évier. Les casseroles sont vides et lavées. Céline utilise souvent celle-ci, brune, en verre teinté. Maria la lui a donnée quand elle s'est installée. La retrouver ici, humide d'une vaisselle récente, l'attendrit.

Près de la fenêtre, elle fait vaciller le large bocal dans lequel sa fille élève son levain. La surface, vérolée de bulles, semble postillonner vers le plafond une myriade d'ondes hostiles. Céline lui a expliqué. Il faut nourrir le levain avec de la farine chaque matin, c'est toute une affaire, on ôte et rajoute de la matière selon des proportions précises. De cette mixture,

Céline enrichit le pain aux céréales qu'elle cuit deux fois par semaine, et les crêpes que Marcus adore.

Si on oublie de le nourrir, il finit par mourir, comme une bête ou un gamin délaissé, a-t-elle ajouté.

C'est se donner bien du mal, pense Maria, quand on a une famille et qu'on se consacre à de multiples activités liées *à la parentalité*, selon le terme qu'entre ces murs on emploie si souvent. La maison accueille chaque semaine d'énigmatiques réunions et Céline et Thomas se déplacent sans arrêt dans la ville et bien au-delà. Ça fait beaucoup pour abriter au bord de sa fenêtre une créature aussi avide.

De fines éclaboussures de farine tapissent les alentours du bocal. Maria se retient d'y glisser une éponge pour faire place nette, sa fille n'apprécierait pas. Elle se contente d'y ouvrir un chemin, à peine imprimé, du bout de son index.

Dans les pots de terre, les trois avocats ont considérablement grandi depuis sa dernière visite. Ils atteignent maintenant la hauteur de son bras. On aurait dû pincer les tiges pour qu'elles se ramifient au lieu de croître ainsi en hauteur, comme un bouquet de balayettes.

Mais ça n'a pas d'importance. Elle fait pivoter les plants qui basculent vers la lumière de la fenêtre avec ce qui lui semble de la stupidité.

Au lever, Marcus vient toujours vérifier si une nouvelle feuille n'aurait pas profité de la nuit pour se déployer. Il en parle souvent à Maria et, cet après-midi, celle-ci prend plaisir à les observer à son tour. Huit feuilles pour chacun. Elle ne pince pas les pousses, se satisfait d'un arrosage superficiel avec un verre d'eau.

C'est leur affaire.

Elle tâche de s'en convaincre. Leur maison, leur désordre, leur odeur et leurs plantations. Et aussi, bien que ce soit plus difficile à admettre, leurs enfants. Ils les font pousser à leur guise, à la façon des avocats.

Elle ouvre le réfrigérateur pour chercher des glaçons ou une boisson fraîche. Ou bien pour regarder. Il n'est ni très propre ni très ordonné et Maria, à travers les parois de verre des boîtes hermétiques entassées, ne peut identifier que des tranches de courgettes qui lui paraissent trop peu cuites. Elle déplie une feuille de papier rouge et blanc sans parvenir à identifier le magma blanchâtre qui y est empaqueté. Ça ne sent même pas le fromage.

Elle referme la porte, se passe la figure à l'eau tiède qui coule du robinet. Elle a oublié ses glaçons.

Dans le salon elle replace sans conviction un magazine sur la table basse, redresse une statuette en forme de lune qu'on a bousculée puis s'assoit sur le canapé. Elle continue à parler à voix haute, par bribes et pas trop fort pour ne pas réveiller le bébé. Deux grandes aquarelles peintes par Thomas sont accrochées sur les murs, de chaque côté de la fenêtre. Celle de droite, figurant de drôles d'yeux multicolores auréolés de cils, lui plaît plutôt, jusqu'à ce qu'elle s'aperçoive qu'un autre qu'elle y aurait lu d'abord une constellation de sexes de femme.

De longs soupirs s'échappent d'elle, qui ne disent rien de bon. Tant de choses, dans cette maison et au-delà, lui sont incompréhensibles. Sa fille est partie d'elle. Sans que Maria sache pourquoi ni depuis combien de temps, elles se tiennent à des kilomètres l'une de l'autre. À des kilomètres et à des années. De quoi les mères sont-elles donc coupables ?

Céline et Thomas, avec leurs enfants pour otages légitimes, forment désormais un monde séparé du sien. Une île autonome.

Dans l'entrée, le téléphone se met à vibrer à l'intérieur de son sac. Elle se lève. C'est Bernadette, elle ne répond pas.

Le soleil dessine sur le plancher des rectangles au-dessus desquels une poussière vivante se hisse avec langueur, comme des bulles dans un verre. Il n'y a pas un souffle d'air. Ici et là, elle remarque des jouets appartenant à Marcus ou au bébé. Des livres illustrés. Des dessins. Un hochet, des feutres, des dinosaures et des plumes.

Ici aussi, des plumes. Mais celles-ci sont déformées, échevelées, elles sont des créatures auxquelles on a manqué de respect.

Elle soupire de nouveau. Le silence de la maison l'effraie. Avant cette minute, elle ignorait à quel point elle se sentait seule. À quel point elle l'était. Tout doucement, elle chantonne pour entendre sa voix.

Et soudain, en écho, une plainte légère se faufile jusqu'à ses oreilles.

Sortant de sa torpeur, elle se lève et se dirige vers la chambre. Ce n'est qu'un bruit de sommeil, Maria le sait, un bruit bleu innocent, mais c'est aussi un appel, le premier adressé par l'enfant, alors elle pousse la porte.

Elles étaient deux, une blonde et une brune méchée, la quarantaine. Elles étaient arrivées ensemble vers treize heures trente cet après-midi de printemps, sans avoir pris rendez-vous. Elles tentaient leur chance et ça tombait bien, il n'y avait qu'une cliente au salon. Bernadette leur a souri, Maria était libre pour commencer les shampooings.

Le robinet d'eau tiède tanguait au-dessus des cheveux de la brune. Maria se sentait fatiguée et regrettait d'avoir enfilé, au matin, ces escarpins à la cambrure inconfortable. À les écouter sans en avoir l'air, elle a compris que ces femmes travaillaient dans la même entreprise, à une dizaine de kilomètres de là. Elles profitaient de l'heure du déjeuner pour s'offrir un brushing avant le rendez-vous qui les avait conduites dans le quartier.

Maria enlevait discrètement l'une de ses chaussures quand une phrase a capté son attention. Bernadette, pourtant occupée près de la vitrine au balayage de madame Jacquet, a entendu elle aussi. Elle a levé la tête, a regardé dans leur direction.

Elles parlaient de Noun.

Quelqu'un leur avait raconté l'histoire. Et sans avoir jamais rencontré un seul des protagonistes, sans même habiter la ville, elles jacassaient sans vergogne.

Elles évoquaient les géniteurs, deux marginaux qui avaient décidé de cacher le sexe de leurs gosses, de les habiller en dépit du bon sens et de la bienséance, de n'en mettre aucun à l'école.

Elles les appelaient fanatiques, apprentis sorciers, irresponsables, elles les appelaient criminels.

Elles disaient, après les familles d'homos, voilà ce qu'on a aujourd'hui.

Elles disaient, attends, c'est pas possible, ça doit plutôt être le bébé, qui est mal formé. Elles disaient, il paraît que ça existe, les enfants sans sexe, ou avec trop de sexes. Ça avait un nom, elles ne savaient plus.

Elles disaient, c'est n'importe quoi.

Elles disaient être bien heureuses de ne pas avoir des parents de cette espèce, même si les leurs n'étaient pas parfaits. Et elles gloussaient en se jetant des regards.

Elles disaient, ce sont des hippies, des branques, des extrémistes.

Elles auraient voulu les coller derrière les barreaux.

Elles disaient, moi, d'accord, je vais faire un gosse et puis quand il naîtra, ce sera ni un garçon ni une fille : ce sera un pingouin.

Elles riaient de nouveau, et plus fort.

Elles espéraient qu'un jour, ça tournerait mal pour ces salopards. Elles disaient, ah oui, y a moyen que ce soit violent. Disaient, les gamins leur feront payer ça.

Elles disaient, pauvres gosses, c'est malheureux. Ils doivent manger du tofu et des graines de chia.

Elles hochaient la tête d'un même mouvement et l'une de ces têtes se trouvait sous les mains de Maria.

Elles disaient, ça va nous faire des bêtes de foire. Ça va nous finir à l'asile.

Elles riaient de Noun, de Marcus, de Céline et Thomas. Elles riaient de Maria. Riaient sans savoir qu'on aurait pu les ébouillanter, les scalper, les griffer, les cogner, arracher leurs cheveux pour faire cesser leurs rires et leurs paroles.

À quelques mètres de là, ni la patronne ni madame Jacquet n'en perdaient une miette. De temps en temps, Bernadette lançait à Maria un coup d'œil qui laissait entendre qu'elle avait eu vent de l'affaire, même si, depuis quatre mois que l'enfant était né, elle n'en avait dit mot.

Elle n'a jamais tellement aimé les ragots, Bernadette, on doit lui reconnaître cette qualité. Ou alors elle n'y croyait pas. Jusqu'à preuve du contraire, Maria lui avait annoncé un garçon, n'est-ce pas ?

Pour madame Jacquet, c'était difficile de savoir, mais Bernadette, c'était certain, attendait que Maria réagisse.

Et ce jour comme tant d'autres avant celui-ci, Maria n'a rien dit.

Comme par inadvertance, elle a seulement aspergé d'eau glacée le cou de la brune, puis celui de la blonde. Celle-ci présentait à l'arrière du crâne une zone fragile et croûteuse qu'elle venait de fourbir du bout de ses doigts durs pendant plusieurs minutes.

Un peu plus tard, les deux clientes ont quitté le salon. Elles ne l'ont pas saluée. Elles ne reviendront pas.

Maria a dû se replier dans la réserve un moment pour reprendre ses esprits. À aucun instant elle n'avait été capable de prononcer une seule phrase pour défendre sa fille. Dans cette histoire, le plus terrible était qu'au fond, elle n'était pas loin de penser comme ces femmes.

Ni Céline, ni Thomas, ni même Maria n'étaient peut-être défendables.

Dans la chambre-dortoir règne la confusion attendue et Maria évite d'y attacher le regard en entrant. L'odeur orange est là plus poisseuse, plus acide aussi que dans le reste de la maison. Il fait si chaud qu'elle commence par entrouvrir la fenêtre, écartant doucement les fins rideaux pour donner de l'air.

Au fond, le couffin est posé en bordure d'un matelas qui doit être celui de Marcus, bien qu'on ne sache jamais, ici, qui dort où. Une tache couleur de paille marque le milieu de son drap. De l'urine ou bien du jus de fruits.

À l'autre bout de la pièce, le bébé Noun semble n'avoir besoin d'aucun secours. Immobile, il ne porte qu'une couche et se tient sur le dos, les yeux clos, les bras repliés de chaque côté d'un visage un peu rouge. Il dort tranquillement dans son abri d'osier.

Maria ôte ses chaussures et s'engage avec précaution sur le grand matelas de Céline et Thomas. Le drap mal ajusté laisse entrapercevoir la toile bleue au-dessous.

Elle progresse les coudes écartés, tâchant de soustraire autant que possible la peau de ses pieds au tissu qui, la nuit, recueille leurs fluides.

Pour la première fois, elle peut observer le bébé à son aise. Elle oublie sa fille et Marcus, elle oublie la honte et les pierres qui, depuis le coup de téléphone tout à l'heure, roulent dans sa poitrine.

Âgé de cinq mois, l'enfant est beau et rond, plus brun que sa mère et son frère mais moins que Thomas, dont les cheveux forment une aile noire vaguement menaçante.

Elle avance sa main, la suspend au-dessus du ventre arrondi, s'efforce de la fixer dans l'espace, sans toucher la peau, pour entrer dans son air.

Elle peut murmurer, si elle veut. Le rideau, sur le côté, se soulève sans apporter de fraîcheur, en une invite amicale. Oui, elle peut parler à voix basse. La question se pose, bien sûr qu'elle se pose toujours. Mais elle est, pour cet instant du moins, délivrée de son habituel tranchant.

Alors Maria s'incline davantage, s'accroupit, relâche ses épaules. L'odeur de la pisse de Marcus se mêle à celle, plus sure, de la couche pleine du bébé.

Une longue minute elle reste là, à voir, à renifler. Son regard et son nez perdent de leur méfiance, sa peur se fatigue contre le corps donné de l'enfant. Elle retrouve la peau et les attitudes de Marcus, et même celles de Céline, les plis, les roseurs, les luisances, les ombres et les bleuissements. Elle attend. Son estomac, ou quelque chose au fond de son ventre, émet un cri plaintif.

Il faut se laisser faire, enfin, par le bébé Noun, il faut lui pardonner d'être celui ou celle que ses parents refusent de livrer.

Elle ne s'attendait pas au gonflement qui, soudain, la saisit à la gorge. Elle vacille sur le mol appui du matelas et sanglote sans bruit.

Elle pleure sur ce petit-là, et puis, le flux se déployant, sur celle qu'elle est devenue sans les enfants et sans William, un corps de silence. Elle pleure aussi sur Marcus, les mensonges qu'elle a inventés, le sang de sa blessure. Elle pleure ses propres parents.

Derrière l'oreille de Noun, les cheveux frisottent, semblables à ceux de son grand-père Alain. Maria tend le doigt pour en éprouver le ressort.

Puisqu'elle est seule dans la chambre avec *lui*, avec *elle*, elle peut poser la question à voix haute. Allons, qu'elle se lance, voilà des mois qu'elle y pense.

Elle hésite, de la main atteint le cou de l'enfant, effleure la peau vernie de chaleur. L'interdit établi par Céline et Thomas est tel qu'il est difficile d'aligner ses mots.

Petit Noun, dit-elle.

Petite Noun, dit-elle aussi.

Depuis le début, elle penche pour une fille. Ma petite Noun, répète-t-elle, et le bébé ouvre les yeux, réprimant, à sa vue, un sanglot de surprise. Elle l'a réveillé. Ou bien elle l'a réveillée.

Sans réfléchir, elle glisse ses deux mains par-dessous et le prend dans ses bras, la soulève et Noun pèse bien moins lourd que son frère mais davantage que ce à quoi les muscles de sa grand-mère étaient préparés.

Elle le serre contre sa poitrine. Elle la niche au creux de sa robe puis l'installe à côté d'elle sur le drap, s'assoit plus confortablement pour le regarder, les talons sous les fesses. Par-dessus la tache d'urine dont la vue et les relents la gênent, elle étend un journal qui traîne à côté.

Elle se sent prête. À peu près prête. Aussi prête que possible.

La langue qu'elle parle avec Marcus se faufile dans sa gorge après quelques secondes. Au petit, à la petite, elle parle et sourit. Elle l'embrasse et aime sa peau sous ses lèvres, malgré les vapeurs ocrées qui s'échappent de la couche. Noun babille en battant des jambes, la bouche grande ouverte sur une langue ronde et des gencives nues.

Cet enfant-là ressemble à son frère mais diffuse, bien sûr, une couleur différente. Maria l'examine, suit les contours de tout son corps. Il ne suffit pas d'observer, il faut écouter, il faut fouiller à l'intérieur de soi-même pour que la couleur puisse venir.

Et elle finit par apparaître, d'abord à peine perceptible puis s'intensifiant de seconde en seconde.

Noun est bleu. Un bleu intense et miroitant. Noun est un grand morceau de piscine qui lèche les mains de Maria. Personne, croit-elle, ne peut être aussi profondément bleu que ce petit, que cette petite, sur le drap blanc de Marcus.

Elle cherche autour de l'enfant bleu le pingouin en tissu qu'elle a offert pour sa naissance. Auraient-ils eu le cœur de se débarrasser d'un joli jouet neuf, simplement parce ce qu'il venait d'elle ?

Elle repense à la phrase prononcée quelque temps plus tôt par l'une des mégères, au salon. *Quand il naîtra, ce sera ni un garçon ni une fille : ce sera un pingouin.*

Il vaut mieux chasser ces images.

La peluche est peut-être là-haut, dans les chambres d'enfants restées vides. Y sont installés des livres et des jouets, des meubles inutiles. Céline a pu la remiser là pour plus tard.

Ce que Maria repère dans le coin, glissé entre la commode et le mur, est un paquet de couches à peine entamé. Elle serre les dents et se tait. Elle voit bien qu'elle est sur le point d'ouvrir la porte interdite. Elle sait l'histoire de Barbe-Bleue.

Pour commencer, elle n'aurait jamais dû entrer dans la chambre. Noun ne pleurait pas, tout à l'heure. Pas vraiment. Ce n'était qu'un grognement de sommeil. Et pourtant, elle est venue. Si elle change cette couche salie, c'est à l'évidence Noun qu'elle changera en garçon ou en fille.

Elle sait qu'il ne faut pas. Elle sait qu'elle le regrettera. Céline ne veut pas de ses mains, de ses yeux sur le corps de l'enfant.

En chemin, dans la rue, elle avait décidé de se tenir à sa place, droite, inflexible. Il lui semblait alors impensable d'envahir par la force un territoire à ce point refusé. Et voilà qu'elle s'y risque à la première occasion, par la ruse.

Est-ce la droiture ou la faiblesse qui depuis des mois, des années, la font se tenir immobile ?

Noun la regarde avec attention et sa voix, tantôt sifflante, tantôt grave, est un roucoulement d'oiseau de basse-cour qui fait soudain le lien avec son frère absent. Avant même d'avoir le sentiment de s'être décidée, Maria se redresse pour empoigner une couche propre, décolle les adhésifs avec fièvre. Elle se presse pour n'avoir pas le temps d'imaginer là-dessous autre chose que la lubie de ses parents. S'il s'agissait pour finir d'une torsion, d'une anomalie.

Mais aussitôt le pan de coton plastifié rabattu devant elle, la voilà rassurée. Noun, ainsi qu'elle l'avait pressenti, n'est rien d'autre qu'une petite fille tout à fait ordinaire.

Les larmes glissent sur ses joues tandis qu'elle nettoie les replis de la peau avec la partie épargnée de la couche. Elle dit, répète sans fin *ma petite* et dans sa bouche les mots attrapent la couleur bleue de l'enfant, ils roulent sur son ventre, la recouvrent comme un sirop. Pour toujours elle la nommera ainsi dans sa tête, *ma petite* plutôt que Noun.

Maria est abasourdie de reconnaissance, et ça ne tient pas à *fille* plutôt que *garçon*. À *poupées* plutôt que *voitures*. Ça tient à savoir, à nommer, à désigner, ça tient à l'amour qui enfin peut venir. Et elle sanglote de plus belle en répétant *ma petite* tandis que celle-ci, satisfaite d'être nue et propre, grenouille sur le drap.

Quelques minutes passent.

Une voiture klaxonne nerveusement dans la rue. Prise de panique, Maria finit d'ajuster la couche et replace l'enfant changé en fille dans son couffin.

C'est fait.

Elle lui chatouille le menton et s'enfuit, piétinant sans plus de retenue les draps fatigués.

Parvenue dans la cour, elle lance un œil à gauche et à droite, ouvre le portillon et s'avance dans la rue pour lâcher dans le containeur en plastique d'un voisin la couche sale qu'elle tient à la main. Ce serait trop bête d'abandonner des traces de la traîtrise qu'elle vient de commettre.

Épuisée et brûlante, saisie d'une vague nausée, elle s'en retourne vers la maison. Dans la cuisine, elle inonde d'eau froide sa figure et ses bras. Ma petite, gémit-elle toujours. Les autres vont bientôt rentrer.

Ma petite.

Après cela, Maria ne retourne pas au salon de coiffure. Elle aurait pu y terminer sa journée pour limiter la casse mais, à mi-chemin, elle s'installe à la terrasse d'un café sous le couvert d'un tilleul, commande un soda et reste là une bonne heure avant de rentrer chez elle.

Elle voudrait William.

William saurait partager chacun des bouillonnements qui bataillent en elle, ceux de délectation et ceux des remords. Elle lui raconterait pour Noun et ils se tairaient l'un à côté de l'autre, hochant la tête et balançant leurs épaules en réfléchissant.

Elle essaie de lui téléphoner mais, au lieu de la voix impersonnelle de la messagerie sur laquelle elle tombe d'habitude, un message enregistré la prévient que le numéro n'est plus attribué.

Décidément, William a changé de vie.

Elle compte sur ses doigts puis sur le calendrier de son téléphone. Vingt-six semaines qu'il est parti.

À présent que les contours des membres de la famille sont bien dessinés, les choses devraient être plus faciles. Eux six, eux tous, deux gosses, deux jeunes et puis deux qui ne sont pas encore vraiment vieux, trois filles, trois garçons : une douzaine de bras prêts à s'entrelacer.

Eux tous. Ça ne ressemble à rien aujourd'hui. Ça n'existe pas.

Elle est si lourde devant son verre d'où jaillissent des pétillements, elle voudrait tant s'alléger de mots, de silences.

La nuit, la température chute brusquement, marquant la fin de l'été. Maria dort mal, elle fait de drôles de rêves.

Au matin elle pense à Noun. Elle la revoit sur le drap, les fesses à l'air, les jambes repliées et le sexe fendu, elle distingue encore sa voix tournoyante, la sent dans ses bras, légère et d'un bleu brillant. Elle renifle son odeur, empoissée encore de celle de la couche mais bien réelle, plus ronde que celle de son frère.

Dans sa robe fleurie et son cardigan neuf, elle pense sans s'arrêter à celle qu'elle a découverte dans la chambre trop chaude. Elle pense aussi à Marcus et à son front blessé, saturé de désinfectant, elle lui lance des baisers.

Une heure durant, elle porte ainsi ses petits-enfants dans sa ronde à travers les pièces de l'appartement, chacun sur une hanche. Elle leur parle, et à trois ils se consolent de n'être qu'eux-mêmes.

En route vers la rue de la Pêcherie, elle regrette de n'avoir pas répondu lorsque, la veille, le téléphone a sonné dans son sac chez Céline. Elle manque si souvent de courage.

Au salon, la situation s'est durcie. Ce que Maria redoutait sans avoir cherché à l'éviter est sur le point de s'enclencher. Lorsqu'elle arrive, Bernadette se tient immobile à la porte, obstruant le passage. Tout en elle dit la pesanteur et l'inertie du *non*, mâchoires, bras, mains posées sur les hanches, jambes légèrement écartées, yeux flamboyants derrière les lunettes rouges. Son corps a changé de forme et de densité, il s'est étiré en hauteur, en largeur, il est un mur sans le moindre interstice.

Non, Maria, non, grommelle Bernadette en l'enjoignant du regard à se tenir à distance. Non. Ça va bien, maintenant.

Puis les mains abandonnent les hanches, s'envolent, Bernadette argumente.

Patience et confiance. Engagements. Efforts.

Pendant des années, Maria avait cru se reconnaître en ces mots. Ils se sont détournés d'elle à présent, telles d'ingrates créatures trop gâtées.

Le ton monte.

Tu dégages, Maria.

À voir la couleur des yeux de Bernadette, Maria peut même faire une croix sur ses affaires laissées dans la réserve. La partie est perdue. Hébétée, elle fait demi-tour sur le trottoir sans avoir pu ouvrir la bouche. Elle est soulagée que William n'ait rien vu, rien su de tout cela.

Il tombe pendant trois jours une pluie chaude et grise, puis, le matin du mardi, la lumière revient. L'odeur fraîche et détrempée de la ville enfle dans ses poumons.

Elle va au square à onze heures, y retourne dans l'après-midi mais à aucun moment ne se montrent ceux qu'elle attend. Céline et Thomas sont pourtant des habitués du lieu. Ils ont décidé que leurs enfants n'iront jamais à l'école ordinaire, optant pour l'*unschooling*, mais ne veulent pas les isoler, c'est en tout cas ce qu'ils répètent constamment. Marcus et Noun fréquenteront ceux de leur âge quand ils le voudront.

Maria reste assise sous les arbres, à regarder les autres enfants entrer, jouer, repartir. Elle voit paraître le fameux Tom, qui a donné à Marcus l'idée absurde d'un nouveau prénom. Il s'élance sur le toboggan en glapissant de plaisir devant elle.

Elle en reconnaît d'autres, aux allures, aux mères ou aux nounous familières. La fillette si souriante qui ne s'exprime que par mugissements, cette autre dont la mère finit toujours par s'assoupir sur le banc. Le garçon qui, sans parler à personne, joue dans un coin avec des feuilles sous les yeux mouillés de sa mère à peine sortie de l'adolescence, celui qui bouscule les filles au bas du toboggan et leur jette de l'eau en été, comme s'il les suppliait de le regarder.

Ils lui font du mal, tous, avec leurs stridences, avec leur présence agitée, alors elle se rabat sur les oiseaux, le ventre serré.

Les oiseaux en place des enfants.

Elle s'agrippe aux mouettes qui se regroupent dans le ciel et s'en vont vers la tour, à la pie dans le marronnier, aux moineaux couleur de poussière, aux merles fouilleurs de pelouse.

Avec le temps, elle a acquis une sorte d'hyperesthésie des oiseaux. Elle les voit, les entend où qu'ils soient. Leurs routes, tantôt lissées et soyeuses, tantôt craintives, impertinentes, composent une graphie qu'avec persévérance elle apprend à lire. Ce jour-là, elle les encourage à mi-voix dans leur quête insatiable de nourriture, les prenant à témoin de sa propre faim.

Le dimanche suivant, Maria sonne chez sa fille vers trois heures. Thomas est seul avec les deux petits et paraît soulagé lorsqu'elle propose d'emmener l'aîné en promenade.

Le pansement de Marcus a été refait. Il porte une robe violette et des nattes, mais Maria ne se risque à aucun commentaire. Bien sûr, elle le prendra tel qu'il est.

En chemin, ils s'arrêtent devant les jardinières que la municipalité a installées aux coins des rues principales. Les plantations ont bien supporté la chaleur des semaines précédentes. Mêlées à de vilaines sauges rouges, les touffes légères d'une variété d'œillets d'Inde à floraison minuscule surgissent ici et là.

Et tout à coup, sous le jaune brûlant des fleurs, Maria aperçoit quelque chose. C'est sa mère. Le souvenir du corps de sa mère. Il était hors d'atteinte depuis des dizaines d'années et voilà que la couleur de ces œillets le lui rend. Dans sa main, elle serre la main de Marcus.

Elle n'y voit pas clair, c'est une onde. Mais ça se dessine. Maria, son frère et leurs parents étaient partis en famille quelques jours. C'était donc avant 1966, le père était encore là. Elle se souvient de ses joues empourprées, de ses mains coriaces. C'était l'été. Le mois d'août. Ils formaient une famille à peu près comme les autres.

Ces œillets. Cette couleur. C'est un goût, une chaleur plutôt qu'un souvenir. Dans sa mémoire, tout se déplace en masses confuses.

Une chose est sûre : c'est doux.

Elle fait un pas vers la jardinière et Marcus, au bout de son bras, lève le nez. Ils se regardent, se sourient.

Maria, accroupie devant le buisson, s'approche et offre sa figure afin d'en aspirer l'odeur, lourde et poivrée. Contre la peau de ses paupières et de ses joues, elle sent le picotement des fleurs, des tiges et des feuilles.

À la simple pression exercée sur ses doigts, elle devine que Marcus l'a imitée. Son visage de trois ans et demi est enfoui lui aussi dans le buisson qui est la mère de Maria.

D'autres gens doivent s'avancer vers eux, les frôler. Ils ont pourtant disparu. Marcus et Maria sont au centre d'un monde qui n'existe plus, étincelants dans la vapeur des œillets.

Elle se relève la première et lâche la main de Marcus pour venir trouver ses cheveux sous sa paume. Ils sont longs, mal peignés, les cheveux de ce garçon-là. Elle les aime.

Le petit est toujours penché en avant, les genoux légèrement pliés, et Maria peut voir à quel point il est transporté tant fuse jusqu'à elle, en plus du soleil de septembre, un perceptible tremblement de joie. Soudain, il pousse un glapissement, s'ébrouant de la lumière et d'un souvenir qui n'est pas le sien. Sur son front, le pansement recouvrant la blessure est poudré d'une traînée de safran.

Ils se dirigent à présent vers le square et Maria prend la mesure de sa chance. Son petit-fils est de ceux qui savent se taire et respirer les fleurs.

Si on les laisse faire, les garçons ont le goût des émois frissonnants. Elle a compris, bien sûr qu'elle a compris. Elle n'a pas besoin de leçons.

Excité, Marcus ouvre le portillon et se précipite dans l'allée. Pour la première fois, Maria se trouve seule en public avec un garçon habillé en robe. Un garçon en fille.

Trottinant vers le poisson à ressort, Marcus fait voltiger son jupon violet autour de ses hanches.

Avec une innocence mêlée de ce qu'il faut bien appeler de la grâce, il semble assumer sans problème son apparence excentrique. Et à l'étonnement de Maria, les autres enfants n'ont pas l'air de s'en formaliser. Ceux qui ne le connaissent pas le prennent sûrement pour une fille et les quelques familiers ne laissent rien transparaître. Marcus est trop sincère ou trop à l'aise pour offrir le flanc aux moqueries.

De retour, Maria croise sa fille pour la première fois depuis le jour de la blessure. Céline les attend assise sur la banquette, le visage fermé. Noun est agrippée à son sein presque bleu. Dans les bras de sa mère, elle n'est plus vraiment une fille, elle redevient le bébé Noun.

Au fond de la chambre, la porte grande ouverte laisse entrevoir les rideaux que le vent soulève.

Maria tressaille. Des images lui reviennent.

Cette fenêtre, qu'elle avait entrebâillée par réflexe à cause de la chaleur et n'avait pas refermée.

Le journal ouvert sur le lit de Marcus, qu'elle n'avait pas rangé.

La couche trop propre. Elle avait pensé à se débarrasser discrètement de celle qu'elle avait retirée, mais avait abandonné trop d'indices à l'intérieur de la maison.

Le cœur de Maria se comprime douloureusement. Au regard de Céline, elle sait qu'elle est démasquée. Elle a trahi. C'est fini.

Maria évite pendant des mois de passer devant son ancien lieu de travail. Elle ne veut plus de Bernadette et ses yeux de pie, plus de la vitrine aux étagères garnies de flacons inutiles, plus du ficus qui perd ses feuilles. Plus même de la rue de la Pêcherie tout entière.

De temps en temps, une cliente la croise, la salue, l'entretient un instant, enjouée, une main posée sur son bras, sans savoir. Mais sous leur paume, la coupure est nette. Douloureuse et nette. Maria se retrouve seule, sans fille, sans petits-enfants, sans homme et sans travail.

Elle a trop tiré sur la corde, aurait dit William. Pendant des mois il avait pesté contre ses manières désinvoltes. Mais la situation durait depuis si longtemps que Maria avait fini par ne plus éprouver de remords.

Il faut maintenant rebondir. Se débrouiller.

Rebondir et se *débrouiller*. Pendant des jours elle remâche ces mots, s'imaginant une balle lancée par Marcus au milieu de l'herbe et tombant sans jamais reparaître, avalée par le paysage. S'imaginant, la nuit surtout, un inextricable embrouillement de ficelles au cœur duquel elle serait prise.

Mais puisqu'il le faut, elle rebondit, elle se débrouille et enchaîne les petits boulots. Elle vend du miel et du jus de pomme sur un marché voisin, fait le ménage dans une agence immobilière puis dans un cabinet vétérinaire. Pour ne pas demeurer inactive en période de creux, elle distribue bénévolement des repas à des sans-abri et trie des vêtements. Elle emballe dans des résilles plastifiées des sapins de Noël, glisse des prospectus proposant la numérisation de vieilles cassettes VHS dans des boîtes aux lettres, fait la cuisine pour un vieillard qui sanglote en regardant les feuilletons à la télévision.

Elle a l'impression d'une course sans fin, sans issue. Et davantage que de courir, elle a la sensation de fuir en se cachant les yeux. Le matin, elle est déjà épuisée.

Aujourd'hui, le paysage autour de Maria est presque apaisé. Elle n'a plus que trois employeurs.

Le dimanche matin, entre onze et quatorze heures, elle donne un coup de main à la marchande d'huîtres.

Laura a ouvert avec son mari un stand de dégustation au fond du marché couvert. C'est là que, vingt ans plus tôt, Maria a rencontré William. Il était boucher sous cette halle. Elle y connaît du monde.

Laura prend les commandes, Franck ouvre les coquillages, Maria les bouteilles de blanc. Elle apporte aussi les plateaux aux clients assis sur des tabourets devant des tables hautes, veille à ce que les panières, les coupelles de vinaigre et de mayonnaise soient toujours garnies. Les clients sont pressés, ils râlent et regardent au travers de Maria comme si elle n'avait que des bras et des jambes chargés d'apporter au plus vite ce qu'ils ont demandé, et non un cœur, un visage, des pensées qui vaudraient les leurs.

Parfois c'est commode, elle se laisse disparaître, emporter dans le flot. Les voix des gens, leurs éclats, remplacent la sienne qui ne sait trop quoi dire depuis le départ de William.

Ni Céline ni Thomas ne viennent jusqu'ici. Ils sont végétaliens depuis une dizaine d'années, et c'est mieux pour Maria. Elle n'aimerait pas servir son beau-fils, elle n'aimerait surtout pas son regard sur elle, il la rendrait maladroite et honteuse, elle qui s'efforce d'être toujours si souriante.

Laura est gentille, c'est presque une amie et avec elle les choses sont faciles. Elle a connu William, elle sait qu'il a quitté la ville, quitté Maria. Comme Céline, elle ignore exactement pourquoi et dans quelles circonstances, mais ça n'a pas d'importance. Certaines choses ne peuvent être dites. Et personne ne sait pourquoi les gens s'en vont, après tout.

Vers deux heures, quand la foule s'est retirée du marché, la remballe commence mais Laura, Franck et Maria reprennent leur souffle dans le brouhaha retombé. Ils rapprochent quelques tables et s'assoient enfin. Certains des commerçants voisins, primeurs, fleuriste et fromager du milieu de la halle, se regroupent autour d'eux, loin du terrible courant d'air qui traverse le bâtiment.

Les corps, les rires s'alourdissent. L'ultime bourriche est vidée.

Maria n'a jamais beaucoup aimé les huîtres, elle récupère les derniers bulots et quelques tranches de pain beurré, le fond de la mayonnaise qu'elle adore. Tandis que les autres discutent, elle boit à la cuillère le vinaigre à l'échalote qui reste sur la table. L'acidité lui donne de drôles de crispations dans le ventre, elle se dit tant pis, ça lui secoue la bouche et les parois de l'œsophage, elle aime ça, tant pis pour son estomac.

On lui sert un verre, elle trinque avec ceux du marché. Laura lui glisse un billet ou deux et l'embrasse au moment de se séparer. Ça dure d'octobre à avril. C'est fatigant, mais à l'une et à l'autre ça rend bien service.

Certains jours, elle travaille dans un hôtel à une vingtaine de minutes à pied de la résidence. Elle est en charge du ménage avec une autre salariée, la jeune Rosalie, immense et splendide, tatouée sur les deux bras. Rosalie est souvent malade, elle s'absente pour des raisons et une durée dont personne ne juge utile d'informer Maria. Il lui faut s'adapter. Comme un juste retour de bâton.

Si rien n'y est moderne et ne l'a sans doute jamais été, l'Hôtel Moderne présente deux facettes bien distinctes. Dans le périmètre où la clientèle évolue, l'ensemble est convenable, chambres et salles de douche bien tenues, couloirs moquettés de rouge, éclairages automatiques, espace breakfast égayé de fausses plantes en pots et de photographies trouvées dans une grande surface de décoration. Mais tout est sinistre dans les zones où vaque exclusivement le personnel. L'état de la réserve de linge, de la cuisine et des toilettes des employés mettrait Maria presque en colère. Du bout du pied elle racle le lino, découvrant par endroits le plancher percé, agace du doigt les peaux soulevées de la peinture murale. Sous la fenêtre étroite, les fumées de moisissures lui rappellent la folliculite sur le crâne des clientes, elles disent le malheur et l'abandon de l'édifice.

Cet hôtel est une femme vieillie. Une respectabilité de façade et puis des aisselles, un entrejambe, des pieds, un cuir chevelu, un pauvre ventre négligés.

Selon les besoins, il lui arrive de préparer et de servir les petits déjeuners, le matin à partir de six heures. Elle porte une jupe ou une robe, une blouse bleu ciel, un tablier blanc, mais ni rouge à lèvre ni talons. Elle n'a pas à se montrer, encore moins à traîner en salle avec les clients. Monsieur Perrier exige qu'elle fasse mur, fasse plateau, jus d'orange concentré, pain grillé. Elle est chargée de disparaître, et dans ce domaine, Maria est une spécialiste.

Le soir, on lui demande de rester pour la nuit quand le veilleur est empêché. Elle n'est jamais prévenue à l'avance. Personne ne l'attend chez elle, ni gosses ni mari, on ne voit pas pourquoi ça la dérangerait.

Elle rend toujours service, Maria, elle obéit sans rechigner, elle n'est pas qualifiée, ne sait pas tenir tête, elle a besoin d'argent, elle est toujours limite, elle doit payer seule son loyer depuis que son compagnon est parti.

Monsieur Perrier a bien compris comment s'y prendre avec cette femme-là. Et au salon de coiffure, c'est pareil.

Puisque Maria y est de retour.

Elles se sont croisées devant la boulangerie et, comme si l'idée venait de la traverser, Bernadette a prié Maria de se présenter rue de la Pêcherie le samedi suivant.

Bien sûr, il est inenvisageable qu'elle soit réengagée, mais si elle pouvait dépanner de temps en temps au salon, ça serait bien aimable. Ça serait même la moindre des choses et n'appelle d'autre réponse qu'un hochement de tête. À Maria de s'arranger avec l'hôtel.

Le jour dit, elle a prévu d'arriver dix minutes en avance, les ongles vernis, les cheveux tirés en arrière, la bouche peinte et les pieds chaussés de jolis escarpins. Se fardant devant sa glace avant de partir, elle se demande si ce qu'elle ressent est vraiment adapté à la situation. Ce simple soulagement. Une autre, à sa place, aurait jubilé d'avoir fait revenir la patronne sur sa décision. Une autre lui aurait craché au visage une réplique assassine.

Mais Maria se contente de lisser lentement sa robe à motifs noirs et blancs sur ses hanches. Elle se trouve présentable, sans les kilos que la peur lui a fait perdre pendant ces six mois, avec le creux que William, Marcus et la petite ont ouvert au beau milieu de son thorax.

Elle dit *c'est bon*, elle dit *voilà*, elle prend son sac et sa clé, vérifie la netteté de ses dents devant le miroir avant d'ouvrir la porte et, d'un bon pas, se dirige vers l'ascenseur.

Le malaise est demeuré palpable avec Bernadette. Au salon, le niveau sonore de la bande musicale a été monté de quelques décibels, à croire qu'il n'a été trouvé que ce subterfuge pour occuper le silence entre elles.

L'étendue des tâches se réduit pour Maria, qui ne s'occupe presque plus jamais des couleurs et des papillotes.

Maintenant, c'est autre chose, radote Bernadette, Maria a laissé passer sa chance. Elle a perdu pinceaux, teintures et film en plastique transparent au profit du balai, de la serpillière, des éponges et des chiffons, des démêloirs, des poubelles, des miroirs et des peignoirs sales.

Une apprentie la remplace quand elle n'est pas là. Ou bien est-ce le contraire. C'est elle qui, après trente-cinq ans de service, remplace au pied levé la jeune fille tout juste majeure que Bernadette a engagée à l'automne.

Elle est punie. Malgré son âge, sa conduite a été trop longtemps celle d'une enfant indigne de confiance. On lui fait faire ce qu'on veut en échange d'un peu d'argent de poche. Et encore, pas toujours. On oublie de la payer, on laisse passer l'heure.

Bien sûr, Bernadette le dit, le répète : elle y pense. Elle va lui donner ce qu'elle lui doit à la fin de la semaine, en liquide comme d'habitude. Que Maria n'ait pas d'inquiétude.

Elle y pense et puis rien ne vient.

On la brusque, on la presse, ce n'est pas le moment de s'attarder sur le crâne des clientes, en tout cas pas tous, certains crânes ne comptent pas.

Ce n'est plus et n'a sans doute jamais été le moment de se pencher pour caresser les nuques, les fronts et les occiputs de ces vieilles pas très reluisantes qui s'éternisent au salon. Pas le moment de dorloter les esseulées qui dilapident ici leurs maigres économies non pour être belles mais pour continuer à être touchées par d'autres mains que les leurs.

Ce n'est pas le moment, non, de faire ce que Maria sent qu'il est essentiel de faire encore et encore pour ces femmes dont personne ne veut plus.

Une année passe, pendant laquelle Maria ne fait qu'apercevoir les enfants avec l'un ou l'autre de leurs parents, de loin, au square ou dans la rue. Lorsqu'elle s'approche, éperdue, tout se referme d'un coup. On lui tourne le dos, on la fuit. Si elle court, si elle crie, on lui oppose le silence, les mains closes et les yeux fusils.

Un soir de janvier, elle sonne à leur porte un peu avant sept heures. C'est le jour de l'anniversaire de Marcus. Le garçon adoré a cinq ans et Maria lui apporte un cadeau.

Elle sonne, resonne. Devant la maison elle attend longtemps mais personne ne vient lui ouvrir. Ils sont là, pourtant, les quatre, à l'intérieur. Maria le sait. À travers les fenêtres du bas viennent sur sa figure les battements d'une musique et des rais mouvants de lumière. Par-delà des barreaux, dans la courette, se devinent les vélos sous leur bâche.

Ils sont là et ne veulent pas d'elle.

Elle les appelle sans succès depuis son téléphone portable et continue à presser par intermittence son index sur la sonnette. Elle reste là, imbécile et noire, dans le froid acide qui tombe sur la ville. Le paquet serré contre sa poitrine, elle est la gamine chassée de la table autour de laquelle la famille s'esclaffe, se raconte des histoires qu'elle ne saura pas.

Entre ses dents, l'air est un pleur sec.

Avant de repartir elle tient à glisser dans la boîte aux lettres le livre sur les toucans qu'elle a acheté la veille, emballé dans du papier doré et cerclé de mètres de rubans bouclés. Il est un peu large pour l'ouverture, alors elle force, déchirant les bordures de l'emballage et écorchant le livre sans réussir à le faire pénétrer entièrement sous le clapet métallique. Tant pis, ils le trouveront en sortant le lendemain matin. Tant pis.

Lorsqu'elle est de retour rue de l'Ourse, il pleut dru. Le cœur serré, elle pense à son cadeau qui prend l'eau sous sa mince protection de papier. Dans quelques heures, Céline jettera sûrement à la poubelle le livre gondolé sans en parler à personne, et les pauvres toucans suivront le chemin du pingouin en peluche.

Elle ne sait pas ce que pensera Marcus. S'il va vraiment se désoler que Maria ait oublié son anniversaire.

Qu'elle puisse l'avoir oublié lui, tout entier, son enfant chéri.

Elle rappelle pour prévenir au sujet du livre et atterrit de nouveau sur la messagerie. Ce qu'elle dit lui paraît maladroit après coup.

Réfugiée dans sa salle de bains, elle cherche une serviette sous laquelle enfouir sa tête mouillée. Le mauve et le doux sur ses joues battues. Au fond du placard, sous sa main, elle retrouve alors les vieilles affaires de tricot. Cinq ou six pelotes amaigries et plusieurs tailles d'aiguilles.

Autrefois, Maria a tricoté pour Marcus une série de brassières et de culottes à pressions. Sitôt prêtes, elle les apportait le dimanche lorsqu'on l'invitait pour le café avec William.

Elle avait fait des efforts pour oublier le ciel, l'outremer, le marine, l'indigo. Ses brassières avaient souvent des manches trop étroites ou trop longues mais elles étaient blanches ou rouges, les culottes jaunes ou vertes, plutôt que d'un bleu stupide de garçon.

Et puis, ne voyant guère Marcus dans ses œuvres mais vêtu de tant d'autres, parfois bleues et aussi imparfaites que les siennes, Maria a cédé. Elle a rangé ses aiguilles au fond du placard à serviettes.

Ce soir de janvier, enfin réchauffée et les cheveux presque secs, elle s'installe devant la télévision, sur le canapé, et y demeure sans dîner jusqu'à une heure tardive.

Comme on prépare un mauvais coup qui console, elle monte quarante-quatre mailles et tricote cent vingt-trois rangs de toutes les couleurs, en côtes deux deux.

Le cliquetis des aiguilles l'apaise, elle a la place pour penser à William. Ses deux fils ont passé toute leur enfance avec leur mère, à trois cents kilomètres de la rue de l'Ourse, sans presque jamais voir leur père. Elle se demande soudain s'ils ont manqué à William avec une semblable violence. Se demande si elle n'aurait pas dû inviter Yann et Ludo plus souvent qu'une fois l'an, à Noël. Elle aurait pu en faire ses petits gars à elle, des sortes de frères pour sa fille unique. Ils n'avaient pas beaucoup d'écart, après tout. Yann semblait fasciné par son père, il était facile. Ludo était fin, très beau, doué pour la mécanique.

Qui sait. Ils auraient pu devenir les fils de William plutôt que les seuls enfants de cette étrangère dont Maria, bêtement, s'était toujours sentie jalouse. Ils se seraient retrouvés à la tête d'une famille nombreuse.

Maria comprend en tricotant que chacun, à sa manière, était demeuré orphelin.

Vers quatre heures du matin, elle vaporise sur son ouvrage enfin terminé une bouffée de son eau de

Cologne et se met au lit pour le peu de nuit qui lui reste.

Dans le noir, les petits-enfants font leur apparition. Maria les imagine là-bas, dans leur chambre, paisibles et endormis. Elle voit leurs paupières fermées, la courbe de leur menton, leur position sous le drap. Les parents près de la porte et les deux gosses dans le fond.

Marcus et Noun. Baignés de vapeur. La petite fille dans son couffin, le garçon ramassé au bas du matelas, pareil à un jeune koala. Elle espère des couvertures sur leurs corps, visualise des duvets saturés de plumes pour les tenir au chaud en ces temps de froidure et de vide.

Marcus. Et sa petite. Elle embrasse leurs joues et leurs yeux. Leurs cheveux. Un jour, elle nouera l'écharpe rayée autour du cou de l'aîné.

Puis revient le mois de mars. Dans la cuisine, Maria se fait des œufs durs et de grandes tranches de pain grillé. Les œufs et le pain composent à présent son menu habituel. Tandis que l'eau bout et que le pain chauffe, elle songe à ce qu'elle préparait autrefois pour William, les ragoûts, les tartares, les steaks, les gratins et les tartes.

L'horizon s'est rétréci là aussi, dans les gestes de tous les jours. Il n'est plus au-devant, l'horizon, il est autour, il est une ceinture trop serrée. Il ressemble à des omelettes, à du pain prétranché, du thon en boîte, des salades de tomate, des flans à la vanille rapportés du supermarché. Il ressemble à la télévision toujours allumée.

Debout devant l'évier, Maria avale les œufs encore chauds, croque les tartines barbouillées de beurre en se penchant pour ne pas laisser choir sur le carrelage les miettes ou les gouttes grasses qu'il faudrait nettoyer ensuite.

Après son repas, elle dispose sur son lit l'écharpe de Marcus, le reste de laine et les aiguilles numéro six. Elle a tout son temps, ils ne l'attendent qu'en fin d'après-midi, à l'Hôtel Moderne.

Noun aura deux ans dans deux semaines. Elle va pouvoir commencer à tricoter pour elle.

Six rangs de rouge, deux rangs de blanc, deux rangs de rouge, six rangs de blanc. Les couleurs et le rythme de la rayure lui plaisent et pourtant il manque quelque chose. Pour sa petite, une simple écharpe ne suffira pas. Il faut réfléchir davantage, penser comme elle seule peut penser à Noun.

Elle s'approche de la table de nuit. Le tiroir s'ouvre mal, elle tâte du bout des doigts les crayons, les épingles, la photo de ses parents jeunes mariés, les trombones et le dernier paquet de cigarettes fumé par William. Tout au fond, pliée en deux, elle est là qui l'attend : l'enveloppe avec les cheveux.

Sur sa paume, la boucle est claire et plate. Elle a passé un peu plus de deux ans dans l'obscurité du tiroir, mais à la voir, c'est comme si quelques secondes à peine s'étaient écoulées. Ou une centaine d'années. Dans la main de Maria, le temps n'existe plus.

Cet après-midi-là, un mois avant la naissance du bébé, William avait assis Marcus sur un tabouret au centre de la cuisine, lui avait noué une serviette-éponge autour des épaules et posé sur les genoux un album illustré. Puis il avait appelé.

Maria était venue.

À son entrée, William fendait l'air à petits coups secs, du tranchant de la main. En trois coups de ciseaux, c'en sera fini de cette tignasse de fille, a-t-il dit en quittant la pièce. Que Maria fasse simplement son travail.

Elle s'est demandé s'il faisait allusion à son métier de coiffeuse ou bien à celui de grand-mère. La grand-mère respectable d'un petit-fils qui ressemblerait à un petit-fils, et non à cette créature si embarrassante, avec sa longue crinière mal peignée, ses tee-shirts roses, ses chemisiers fleuris, ses sandales et ses ongles rouges.

Elle lui a démêlé sommairement les cheveux, sans un mot, lissant en douceur le dessus à la brosse. Pour bien faire, il aurait fallu couper dix ou douze centimètres au moins. Les ciseaux affamés préparés par William ouvraient grand leurs lames sur la table.

Marcus rentrait le menton et se taisait toujours, balançant ses pieds nus dans le vide. Un jeune pouilleux du temps jadis, qu'on allait tondre.

Elle lui a massé un instant le crâne pour le détendre, pour les détendre tous les deux, et ce cuir chevelu-là, au contraire de celui des clientes, ne trahissait ni honte ni douleur. C'était un crâne de rien du tout, tendre et rond. Elle s'est penchée sur lui, les mains sur ses épaules, le nez et la bouche frôlant ses cheveux. Il suffisait de fermer les yeux pour baigner, encore un peu, dans sa couleur. Ce vert épais et suave. Ils pouvaient tous les deux se nicher dans son creux.

On y va, Marcus ?

Ses doigts glissaient entre les mèches.

S'il l'avait réclamée lui-même, les parents ne se seraient pas opposés à la coupe. Mais l'avait-il demandée ? Céline et Thomas avaient-ils été témoins du désir spontané de leur fils ? Maria savait bien que non. William s'en fichait, lui. Ce qu'il voulait était simple. Un petit mec. Mais Maria ? Savait-elle déjà trahir, en ce temps-là ?

Elle s'est pourtant saisie des ciseaux.

Elle a dit, on y va alors.

Les pieds de l'enfant, au-devant, continuaient leur lent balancement.

Elle a soulevé délicatement la chevelure et, par le dessous, a choisi une mèche entourbillonnée qu'elle a sectionnée à quelques centimètres du crâne. Elle la garderait toujours, elle promettait. Comme si elle savait qu'un jour, ce brin de pauvres cheveux serait tout ce qui lui resterait.

Puis elle a lissé la tête de Marcus sous ses mains mouillées. Les cheveux clairs, les cheveux longs. Les cheveux de fille. De garçon.

D'enfant.

Les cheveux de Marcus.

Elle s'est accroupie pour tirer la serviette vers elle et le regarder. À croire qu'il sortait de la baignoire, adorable et neuf. Un beau petit garçon. Si joli. Si vert et si doux. Elle a embrassé ses deux mains.

Il tenait toujours l'album que William avait acheté pour lui la semaine précédente, tractopelles et camions. Une véritable histoire d'homme. Maria n'a pu s'empêcher de sourire tandis que Marcus, intéressé, soulagé, en tournait les pages. Dans le salon, une nouvelle émission commençait.

La mèche coupée a été glissée par Marcus lui-même dans l'enveloppe. Puis ils ont enfilé des chaussures et, sans un mot, sont sortis chercher les oiseaux dans la rue.

Debout dans le silence bleuté de la chambre, l'enveloppe dans la main, Maria repense à la colère rentrée de William. Elle n'avait su en deviner à temps la menace.

À l'époque, il lui était déjà impossible de décider de quel côté se trouvait son camp. Puisqu'il en fallait un. Elle pestait toujours de bon cœur avec William en évoquant les foucades et le laisser-faire choquant de Céline mais tiquait lorsque William, manquant de nuance et de modernité, voulait cantonner les gens à n'être que celui ou celle que leur sexe leur imposait d'être depuis la nuit des temps.

Aujourd'hui, les cheveux semblent vouloir s'échapper de l'enveloppe.

Maria se met au tricot et, à mi-parcours, ciblant l'endroit où viendra se caler la nuque de sa petite-fille, elle insère trois cheveux. Celui de Marcus vient d'être tiré de la mèche gardée, il est blond, celui de William a été détaché du peigne oublié dans la salle de bains, il est d'un roux pâle. Pour finir, Maria prélève d'un coup sec l'un des siens sur le haut de son crâne. Il est blanc à la racine sur quelques millimètres, brun ensuite. Elle les tricote un à un le long du brin de laine. Un rang par donateur.

Quand la nouvelle écharpe est terminée, Maria reprend celle de Marcus et, à l'aide d'une grosse aiguille à laine, y injecte non sans difficulté le dernier cheveu de William, l'un des siens et les barbes d'un duvet de tourterelle récupéré dans la boîte à plumes. Marcus les saura glissés là, ils lui tiendront chaud, l'aideront enfin à s'envoler.

Ils sont tissés ensemble, en secret. Eux, les quatre.

La valise est prête.

Il est neuf heures et quart, Maria quitte la résidence. Elle doit choisir sa place. Ses places. Celle où garer la voiture et celle où s'asseoir.

Si elle conserve la Simca depuis si longtemps sans en avoir l'usage, c'est par paresse de prendre les mesures nécessaires à sa vente autant que par crainte du regard qu'un éventuel acheteur pourrait porter sur elles. Maria et sa pauvre guimbarde.

Thomas a un problème avec les véhicules diesels. Des catastrophes écologiques, s'exaspère-t-il. Maria n'a pas d'avis tranché sur ce point mais, pour prévenir les conflits, elle a pris l'habitude de se garer là-bas, derrière le supermarché, bien loin de leurs chemins à Céline et à lui. Dans cette rue minuscule où le stationnement est gratuit, la Simca se pétrifie sous sa carapace grisâtre, faisant corps avec la rigidité de la ville.

Il faut maintenant aller la chercher.

Maria remonte la rue de l'Ourse à pas décidés, soulevant la valise à quelques centimètres du trottoir pour éviter le désagréable chuintement des roulettes.

Mais elle s'arrête pile devant la boutique de produits exotiques et rebrousse chemin. Dans la précipitation, un point important a été négligé, elle vient de s'en rendre compte. La valise cahote à présent derrière elle, comme si le bruit n'avait plus d'importance en phase de repli.

Une fine pellicule de sueur s'est formée sur l'intégralité de son corps. Elle en devine la saveur nouvelle à travers sa peau, une suée d'émotion davantage que d'effort. Ou bien est-ce le brouillard qui prend possession d'elle. Là-bas, la masse ondulante de la résidence paraît glisser du ciel vers la terre à travers la brume.

Les oreillers. Elle rafle ceux que compte l'appartement. Le sien, dont elle croit percevoir encore la tiédeur obscène, puis celui d'à côté, plus frais. Personne n'a posé là sa tête depuis que William est parti, pas même Maria.

Pour compléter, elle pense au coussin de la chambre d'enfant et le tasse dans l'espace disponible à l'intérieur de la valise. Les deux oreillers sont calés sous ses bras. Elle se sent déjà mieux.

La couleur et l'odeur habituelles règnent sur le palier. Un rose presque transparent enfume depuis le premier jour les parties communes de la résidence, sans jamais s'être modifié.

Elle a quitté l'appartement. Cette fois pour de bon, semble-t-il. Elle dit *allez*, elle dit *c'est bon*, elle dit *hop* et puis dévale les étages en vitesse plutôt que d'attendre l'ascenseur reparti au neuvième.

Au-dehors, la lumière est plus vive. Le ciel est plus large. Une femme qui s'est installée récemment dans la résidence sort du magasin exotique sans la voir, un vieil homme clopine en bordure du trottoir.

À vue d'œil, à vue de corps levé et actif depuis l'aube, il est maintenant neuf heures et demie passées. Maria n'a rien avalé de consistant depuis la veille au soir, hormis ce bol de café très sucré qu'elle s'est servi pendant la nuit. Assise sur une fesse au bord du tabouret, elle écoutait les phrases nerveuses, pareilles à de curieux insectes, se faufiler hors de sa bouche et zigzaguer dans la cuisine autour du plafonnier de verre.

Il restait une demi-boule de pain à côté de la cuisinière, mais elle n'avait pas faim.

Elle presse le pas. Plusieurs personnes lui jettent de brefs coups d'œil étonnés. Marcher sur le trottoir avec des oreillers et une valise attire forcément l'attention. Elle repense à cette expression, entendue bien souvent du temps de son enfance, à propos d'elle ne sait plus quoi. *Partir à la cloche de bois*. Elle se racle la gorge. Cette voiture est vraiment garée à l'autre bout du monde.

Elle ouvre enfin le coffre, y dépose ses affaires et souffle un long soupir humide avant de s'atteler au ménage. Le tableau de bord, le volant ainsi que l'ensemble de la banquette arrière sont passés au chiffon imbibé de dépoussiérant. L'odeur de vieille chose froide et le relent des cigarettes de William sont peu à peu remplacés par le parfum du produit à la cire d'abeille qu'elle a apporté, aussi écœurant mais plus acceptable.

Elle fait glisser dans le caniveau les journaux, les sacs en plastique, les emballages de bonbons et de gâteaux secs qui traînent au bas des sièges. Puis, craignant qu'un geste incivil porte malheur à son entreprise, récupère le tout et s'oriente vers une poubelle qui attend le passage prochain des éboueurs.

Sa peau est sèche et tire presque douloureusement sur le dessus de sa main droite. Maria aimerait se rafraîchir, à présent, mais préfère garder les lingettes rangées dans la valise pour plus tard.

Elle regarde sa montre. Elle a eu beau prendre son temps, frotter les vitres latérales et les pare-brise avant et arrière jusqu'à ce qu'ils soient parfaitement transparents, il n'est que dix heures dix.

Le brouillard a fini par se dissiper. En bordure des immeubles, à la limite du ciel, de longs filaments de lumière d'un jaune floconneux s'éloignent avec lenteur et Maria se demande si elle est seule à les voir. La rue est presque vide. Un sourire fuse en elle, un sourire qu'elle ne connaît pas.

Elle est en avance. Si elle voulait, elle pourrait retourner à la résidence pour prendre une douche et se passer de la crème à la rose sur les mains. Elle enfilerait des vêtements propres. Reverrait son maquillage en insistant sur les yeux. Elle sait que ceux-ci, très noirs, très expressifs, sont le point fort de son visage aujourd'hui un peu affaissé.

Elle pourrait ranger dans le placard sous l'évier le vaporisateur dont elle n'a plus besoin. Elle se voit avaler un verre d'eau très froide, manger un yaourt au milieu de la cuisine, sucer un glaçon en contemplant le forsythia fleuri par la fenêtre. Elle pourrait refermer le sachet de plastique du pain avec plus de soin que la veille. Dans le tiroir, elle trouverait l'un de ces liens métalliques qu'elle met toujours précieusement de côté pour remplacer les horripilants Scotch rouges.

Elle pourrait accomplir ces gestes insignifiants et si importants, elle aurait largement le temps. Elle se sentirait plus légère. Elle aurait moins peur.

Mais si elle passe la porte de sa cuisine, ils lui sauteront au visage : les fruits qu'il faudrait mettre à cuire pour ne pas les perdre, le magazine récupéré au salon dont elle n'a pas commencé les jeux. Dans la salle de bains, le petit linge à laver geindrait dans sa corbeille.

Une heure ne suffirait pas.

Il y aurait l'air dont Maria est si familière, l'odeur sans aucune couleur de l'appartement du cinquième étage, celui de toute sa vie de femme, les reliefs et les souvenirs paisibles, le lit de l'enfant sur lequel elle pourrait s'allonger un instant. Il y aurait la patience, la résignation de chaque jour.

Si elle y va, elle n'est pas sûre de savoir comment repartir.

Dans la rue, debout à côté de la voiture, Maria secoue la tête et dit non à voix haute, à plusieurs reprises. Retourner à la résidence n'est pas du tout une bonne idée.

Dans la Simca, l'air est encore glacé de la nuit. Maria souffle pour se réchauffer et faire venir le courage, elle met sa ceinture, elle dit *hop*, elle sourit à ses propres yeux dans le rétroviseur en tapotant machinalement la manette du clignotant.

Il faut y aller. Elle n'est pas pressée mais il faut y aller.

Elle cherche sa bravoure. La peur ne l'a pas envahie tout entière, après tout. En elle subsistent des zones audacieuses, les jambes, les poignets et les mains, les épaules. Elle se concentre sur celles-ci et chasse de son esprit la bouche flageolante, les poumons couards et les aisselles inondées.

Au loin s'avance le camion de livraison du supermarché, prêt à décharger ses palettes. Il faut filer si elle ne veut pas être coincée ici. Elle met le contact.

La voiture démarre du premier coup et, l'espace d'une seconde, Maria se délecte du cumulus de fumée pâle qui se forme autour du pot d'échappement. Elle imagine Thomas assis à côté d'elle, elle l'entend protester et sourit.

Elle accélère et longe les entrepôts, les immeubles bas, le café où elle allait de temps en temps avec William, les maisons ouvrières semblables à celle qu'habite Céline. Elle tourne dans les rues jusqu'à dénicher une place à une vingtaine de mètres de l'entrée du square. Elle a de la chance. L'endroit est stratégique. Céline viendra à pied du côté opposé, elle ne verra pas la Simca. Personne au monde, d'ailleurs, n'a jamais dû remarquer cette voiture.

Il fait frais. Le soleil perce pourtant, léchant les trottoirs de la rue de Pologne pour venir mourir dans les allées du square. À travers l'enceinte métallique se dessine une longue coulée vers laquelle Maria, sans en avoir conscience, dirige ses doigts pour y puiser une énergie supplémentaire.

Ce square a toujours été sombre. Les arbres semblent s'y morfondre sans jamais grandir, représentants figés de leur espèce depuis le commencement des temps. Les amples marronniers à fleurs roses sont regroupés du côté du bac à compost municipal, les platanes le long de la rue commerçante, abandonnant jour après jour de larges pellicules de peau.

L'aire de jeux destinée aux enfants est installée dans la partie sud, plus lumineuse. Elle comprend deux portiques d'escalade aux couleurs vives, un toboggan et quelques animaux à ressort.

Maria jette un coup d'œil à travers la clôture. À cette heure de la matinée, même un mercredi, le jardin peine à se remplir mais quelques femmes ébauchent déjà un regroupement vers les bancs au soleil. Elle en connaît de vue la plupart, pour les avoir croisées ici bien souvent.

Il est dix heures et demie, là-bas le salon de coiffure est ouvert. Il faut qu'elle y passe, le détour par la rue de la Pêcherie fait partie du plan. Il faut même qu'elle arrive avant madame Bréchot, cette petite mégère qui, tous les mercredis à onze heures moins le quart, pousse la porte du salon pour son brushing hebdomadaire.

Bernadette sera en train de retaper la pile de magazines ou de vérifier les stocks, tandis que madame Rinaldi, comme chaque fois, contemplera avec effroi dans le miroir son crâne hirsute tartiné de crème colorante. L'apprentie sera occupée avec une cliente inconnue, dédaignant selon son habitude de rincer proprement le bac après le shampooing.

Maria frotte ses mains sur ses fesses par-dessus son manteau, noue plus serré son foulard et s'éloigne du square.

Elle dit *allez*, elle dit *bon*, elle dit *voilà*.

Dans la voiture, derrière elle, tout est propre et tout est prêt mais rien n'a commencé.

D'un pas dont elle s'efforce de maintenir la cadence intrépide, Maria se dirige vers le sud, abordant la rue de la Pêcherie par ses tout premiers numéros.

Elle se fabrique une figure. Des pupilles, une mâchoire solides, un souffle régulier. Elle se fabrique des épaules souples et des bras croisés. Des jambes sur lesquelles se camper. Elle se fabrique en marchant un corps qui tiendrait tête.

De ce pas résolu elle vient demander, non elle ne vient pas demander, elle vient pour qu'on lui donne ce qu'on lui doit pour son sérieux, sa constance, ses mains tendres, sa solitude traversée. Elle vient pour qu'on lui rende, sinon la douceur, sinon la bienveillance, au moins ceci : la petite somme correspondant aux heures qu'elle a travaillées.

Elle marche sans penser. Elle n'entend plus les bruits, ne voit rien autour d'elle que des formes mouvantes aux couleurs assommées.

La voici devant le salon. Elle s'arrête à la porte, elle ouvre mais n'entre pas, laissant le froid seul s'infiltrer au-dedans. Elle est pressée, elle va repartir.

Et voilà Bernadette, interloquée, qui fourrage dans la caisse et sort les billets. Qui compte, recompte plusieurs fois, fait semblant de chercher des notes qu'elle n'a jamais prises, sans doute pour se donner le temps de recevoir à la figure la nouvelle voix de son employée, ses nouveaux bras et ses nouvelles jambes. Ses yeux d'adulte.

Au dos de Maria éclate alors un chœur bruissant, siffleur. Sans se retourner elle avale sa salive et descend d'un cran ses épaules. Son corps est d'une matière nouvelle, muscles, gras et sang trempés d'une pulsation sonore fulgurante.

Les oiseaux.

Les étourneaux, qui jamais ne semblent avoir peur de rien. Ils sont une armée, là-derrière, immense et invisible. Ils sont entrés par centaines à l'intérieur de Maria.

Au moment où madame Bréchot pénètre enfin dans le salon, vêtue de son habituel manteau rouge, les jeux sont faits. Bernadette a réglé à sa plus ancienne collaboratrice ce qu'elle lui doit ou à peu près.

Maria attrape les billets, elle dit à samedi, enfin peut-être qu'elle le dit, elle ne sait plus, occupée à se détourner sans attendre, sans sourire. Surtout ne pas se défaire en offrant à l'autre la marque de son soulagement.

Elle revient vers le square. Pendant la nuit elle a eu le temps de consulter le carnet sur lequel sont méticuleusement consignés les heures et les jours travaillés. Elle tient ses comptes, Maria, elle a un chiffre en tête.

Ce qu'elle a reçu n'atteint pas tout à fait la somme escomptée. Sans surprise, Bernadette a arrondi au-dessous de ce qu'elle lui devait. Les quelques dizaines d'euros manquants ne sont qu'une preuve supplémentaire de sa mesquinerie. Car il ne s'agit pas tant de carotter des heures et des euros que d'affirmer clairement l'insignifiance de cet argent. Il est une aumône davantage qu'un salaire.

Maria presse le pas et sourit. Elle n'est pas étonnée, elle se fiche bien de Bernadette et de ses manigances : il y a là de quoi financer le programme du jour, et même celui des jours suivants.

Elle repense aux étourneaux. Se demande où la cohorte, dans cette austère portion de la rue, a bien pu se percher tout à l'heure. Un immense mur de brique rouge, aveugle et lisse, avale le ciel en face du salon. Nul arbre n'est planté là, il n'est nul abri, nulle aspérité disponible.

Des oiseaux magiques.

Le square est en vue et Maria se sent mieux. Elle se laisse tomber sur un banc sous les marronniers. De là, on aperçoit distinctement, quoique en biais, la zone où se tiennent les enfants. Elle les compte, ils sont dix. Là encore, il en manque.

Mais elle saura attendre.

Elle les regarde tous. Ils montent et descendent, accroupis et debout, ils courent et ils tombent, s'agrippent aux mains ou aux vêtements des femmes. Aucun homme au square ce jour-là. Trois des enfants ont apporté un tricycle ou un camion sur lequel s'asseoir et rouler. Ils tournent dans l'allée en martelant le sol de leurs pieds. Tous trois sont des garçons, vêtus de couleurs neutres.

Chez les oiseaux, les mâles arborent le plus souvent les couleurs, tandis que les femelles ont la mise discrète, comme si elles n'avaient pas besoin de séduire. Les filles du square sont rouges, roses et violettes, elles ont des barrettes dans les cheveux.

Le monde égalitaire n'est pas pour demain, se dit Maria. Céline a raison de s'en alarmer.

Les minutes passent et l'odeur de terre pauvre et humide s'élève dans le jardin.

Maria observe avec passion les enfants et chacun d'eux, comme habituellement les oiseaux, lui parle en secret de Marcus et de Noun.

Ses deux petits font ainsi de brèves apparitions lumineuses devant elle. Avec eux, une eau de soleil roule sur les graviers.

Ils sont là. Ils sont arrivés.

Peut-être ne sont-ils pas *arrivés,* à vrai dire, mais surgis du seul désir de celle qui les attend. Occupée à étudier là-bas un couple ventripotent de pigeons ramiers, Maria ne les a pas vus entrer.

Céline est déjà assise sur le banc, offrant de trois quarts son profil pâle tandis qu'elle fourrage dans son sac, sûrement à la recherche de son téléphone. Noun se tient face à elle, debout près de sa poussette, un bonnet rouge enfoncé sur la tête.

Maria frémit d'un sang nouveau : ils sont là.

Elle voudrait voir, pour commencer, si celle qui a tellement grandi a continué à friser et garde un peu de son grand-père, au moins sous son bonnet.

Elle n'est pas sûre que Noun saurait identifier la silhouette immobile qui l'observe de loin avec tant d'émotion. Et pour être honnête, elle-même aurait eu peine à désigner du premier coup d'œil celle qu'elle continue à nommer sa petite, si elle n'était accompagnée : Maria et Noun sont des étrangères l'une pour l'autre.

Mais plus elle y pense, plus enfle l'espérance que le moment partagé dans la chambre un an et demi plus tôt soit demeuré pareillement vivace en elles deux.

Du regard, elle cherche Marcus et bientôt le repère, de dos, galopant fiévreusement sur le poisson à ressort qui depuis longtemps a sa préférence.

Elle vérifie leur couleur, qui n'est toujours ni celle des vêtements, des cheveux, de la peau, mais la nuance véritable dont ils sont seuls porteurs, ce bleu et ce vert qu'elle voudrait toucher, aspirer de la bouche. Le bleu de Noun et le vert de Marcus. Mieux que leurs corps changeants elle sait les reconnaître.

Elle tâche de ne pas s'attarder sur Céline, elle a peur de croiser son regard, elle n'est pas sûre de savoir faire front.

Mais eux.

Eux. Leurs pas tournicotants. Leurs sourires. Verts ou bleus. Détachés d'elle et vivants. Maria est chavirée de les voir et mesure à quel point sa foi en leur présence, ce matin ici même, était immense. Ses petits. Seule sous la cape ombreuse du grand marronnier, elle vibre de cette foi.

Personne ne l'a vue. Personne ne remarque cette femme en manteau clair assise à l'écart, loin de la lumière.

Qu'a-t-elle à leur donner que ses bras et son cœur agrandi, qu'a-t-elle d'autre, la pauvre Maria, avec sa vieille voiture, sa vieille valise et ses oreillers aplatis ?

Noun vient de trébucher. Céline se lève lentement pour l'aider à se relever et Maria, sans réfléchir, se dresse à son tour. À l'issue d'une large boucle traversant la pelouse et ses merles, elle s'immobilise à quelques mètres derrière sa fille. Céline est de retour sur le banc et caquette au téléphone d'une voix réjouie.

Maria s'accroupit dans l'herbe. Son regard sur Marcus est d'une telle intensité que le petit va bien finir par se tourner vers elle. Sur ses lèvres, elle pose son index pour signifier d'ores et déjà le secret.

Il la voit. Et il vient. Marcus ouvre la bouche, descend du poisson à ressort et entre sur la pelouse.

Elle a lu l'article il y a plusieurs semaines, dans un magazine au salon de coiffure.

C'est la photo qui l'a attirée la première. Un perroquet au front rouge saisi en plein vol.

Aussitôt, la perruche dont avec Marcus elle avait aperçu la silhouette nerveuse sur une branche lui est revenue en mémoire. Leur trophée.

L'oiseau du journal, apprend-elle, est un *ara militaire*. Elle prend son temps et examine les ailes offertes, rémiges et grandes couvertures bleues, moyennes et petites couvertures vertes. Le vert et le bleu de ses petits-enfants. Le rouge du sang qui les lie. Au-dessous des ailes, une zone d'un jaune minéral qui n'évoque rien accroche la lumière.

Birdy Parc est situé à la lisière sud du département. Le nom lui dit quelque chose. Avant que Bernadette ne finisse par lui désigner le balai du menton pour qu'elle reprenne le travail, elle lit l'article dans son intégralité.

Ils disent, vous y découvrirez trois hectares d'un paradis ornithologique, ils disent, ils se posent sur les mains et viennent sur les épaules des visiteurs assez intrépides.

Ils disent les couleurs et les formes, les envergures, les chants, les nichées. Comme elle, ils disent, les colibris, les cigognes. Disent aussi des noms qu'elle ne connaît pas, que Marcus, elle en est certaine, n'a jamais entendus.

Birdy Parc.

Plus tard, elle regarde sur la carte, vérifie les horaires, calcule les kilomètres.

Ils sont sortis du square. Sans se faire prier ni alerter personne, Marcus est allé chercher sa sœur, et voilà qu'ils trottent jusqu'au portillon dans le dos distrait de leur mère.

Tout se passe comme si c'était simple. Comme si, décidément, ça allait marcher comme prévu. Sur le trottoir, le trio de silhouettes s'éloigne vers la voiture en un silence électrique. Tentée de presser le pas, Maria se refrène et penche au-dessus de Noun son corps comme une palme.

Elle pense au perroquet du journal. Aux plumes et aux couleurs. Elle s'y tient comme on se tiendrait à une rampe.

Ils avalent les mètres et de nouveau les bruits de la rue disparaissent. Quelques moineaux, au pied d'un arbre, font s'accroupir Marcus, en léger retrait pour ne pas les effrayer, ainsi qu'elle le lui a appris.

Ils ont atteint la Simca.

Maria ouvre la porte arrière et, sans lâcher l'épaule menue de Noun, retape les oreillers qui vont servir de rehausseurs et inventeront du moelleux dans l'histoire. Dès que les enfants seront installés, elle montera à son tour. Démarrera et quittera le quartier, sans se précipiter pour ne pas attirer l'attention mais suffisamment vite pour ne pas risquer d'être repérés. Il faut trouver le bon tempo.

Au feu, à l'extrémité de l'interminable rue de la Pêcherie, elle leur montrera les écharpes à présent roulées dans son sac à main. Ou bien elle attendra de pouvoir respirer normalement. Elle se retournera pour ôter le bonnet de Noun et voir à quoi ressemblent ses cheveux. Elle lui parlera. Ils se parleront. Elle retrouvera avec Marcus la langue aiguë qui est la leur. Ils commenceront à l'apprendre à Noun.

À la sortie de la ville elle s'arrêtera une minute pour ouvrir la valise et leur donner de quoi s'occuper pendant la durée du trajet, la boîte avec l'ensemble des plumes, la poupée, les livres sur les oiseaux, sur les camions, sur le poulpe aux bras merveilleux. Elle aurait pu les sortir à l'avance, le moment est mal choisi pour ouvrir le coffre.

Mais ça n'a pas vraiment d'importance, c'est un détail, c'est encore rattrapable.

Elle décrira les pyjamas depuis si longtemps préparés. Donnera un bonbon à chacun, une petite bouteille d'eau teintée de sirop et la boîte en plastique contenant les biscuits et les morceaux de pomme, comme s'il s'agissait là du début d'un très long voyage.

Elle parlera des oiseaux. Parlera des espèces et des activités auxquelles ils pourront participer sur place. Admirer, approcher, toucher, comprendre et partager. Elle inventera un peu.

Ils chanteront des chansons et s'évaporeront sans faire aucun bruit. À l'arrivée, les petits porteront leurs écharpes. Les cheveux et les duvets tricotés s'uniront à la tiédeur des cous.

Elle espère qu'aucun ne pleurera. Espère les plumes, les vols et les couleurs multiples, les bras, elle espère la joie.

Mais Noun, avant le premier geste, avant même qu'aucun ne soit monté dans la voiture, Noun a vu quelque chose et Maria se retourne. Le paysage s'agrandit tout à coup.

Céline.

De l'autre côté de la grille, Céline, qui la dévisage. Son visage de ciment. Malgré la grande terreur qui vient de la saisir, Maria perçoit nettement le déploiement de couleur autour du corps de sa fille. Ce gris rosé de tourterelle. Il envahit l'air autour d'elle.

Qu'est-ce que tu fais, crient les dents de Céline, qu'est-ce que tu fais.

Le gris pâlit, s'évanouit.

Elle répond qu'elle ne fait rien. Pour commencer, elle balbutie misérablement ce *rien*, car Céline est devenue la mère et Maria la fille fugueuse qu'on a rattrapée au collet.

Elle dit, je leur donne une écharpe tricotée pour eux, une écharpe à chacun pour leur anniversaire. C'est une toute petite chose mais je l'ai faite pour eux.

Et Marcus innocent de tout s'approche pour sourire à sa mère, comme si tout était normal, aussi normal que dix secondes ou dix minutes plus tôt, comme si c'était un jeu. Noun à son tour a rejoint sa mère, les mains de sa mère, et tend les bras vers les doigts qui étranglent le métal froid de la grille.

Les moineaux, à l'arrière, redoublent d'énergie. Au contraire des étourneaux tout à l'heure, leur gazouillis mitraille la peau trop fragile des tempes de Maria.

Céline a maintenant lâché la clôture, elle court vers le portillon et court sur le trottoir, vers eux qui ne font rien d'autre que contempler sans rien dire sa figure devenir rouge juste au-dessus de son manteau beige.

Qu'est-ce que tu fais, Maria, bordel, grogne-t-elle en effleurant la porte de la voiture, qu'est-ce que tu fais de mes enfants, tu les voles, maintenant ?

Ses joues ont rosi par plaques, ses yeux se sont rétrécis.

Marcus sautille, sa bouche est grande ouverte, il vient de harponner des mots, tu voles, mais alors tu voles pour de vrai, Maria, s'écrie-t-il avec une folle espérance.

Maria est bien obligée de répondre, et de répondre non. À l'une puis à l'autre. Non. Ne vole personne et ne sait toujours pas comment s'envoler d'ici. Voudrait seulement emmener ses petits-enfants pour la journée au Birdy Parc, peut-être la nuit si elle trouve un hôtel à proximité ou bien une chambre, un abri, elle les ramènera après la visite, de toute manière elle lui aurait envoyé un message pour lui dire, pour la rassurer.

Marcus, elle prononce le nom de Marcus à plusieurs reprises, elle dit aussi celui de Noun car Noun aura deux ans demain, Noun a droit aux oiseaux autant que son frère, à leurs ailes, leur langue incompréhensible, Noun a droit à leur grâce.

Maria dit, non, je les emmène simplement regarder les oiseaux. Elle dit, mes petits.

Elle fouille dans son sac et en tire les écharpes, l'article du magazine avec la photo de l'ara militaire. D'un geste sec, elle attrape le bonnet de Noun, libérant avec les boucles attendues un souvenir vieux de plus de trente ans, celui d'Alain annonçant à qui voulait l'entendre la naissance de sa fille.

Elle redresse le haut de son corps.

Vole, vole, ânonne la petite en se balançant, et Marcus trépigne sur le trottoir rouge, vole, vole. Céline jette un œil noir à l'intérieur de la voiture, Maria s'écarte, ouvre la portière et prend place.

À la sortie de la ville, sur la départementale, la circulation est fluide et Maria roule à petite vitesse le long des entrepôts. Elle a fourré son foulard dans sa poche mais porte toujours son manteau. Elle ouvre un bouton, jette un œil au-devant, le ciel d'un blanc mat, les hangars accablés, la route encore très droite.

Elle roule en direction du sud, elle sait où elle va, elle a préparé son itinéraire. Elle en a pour une bonne heure. À son arrivée, le soleil sera peut-être de retour et viendra réchauffer les enclos. Les prévisions météo ne sont pas mauvaises. Pas de pluie en tout cas, c'est le plus important.

Elle se demande si, mi-mars, les perroquets peuvent supporter de brefs séjours à l'extérieur. Elle se demande si un jour elle trouvera une plume du jaune très pâle découvert l'autre jour dans le magazine. Celui qui apparaît lorsque s'envole un ara militaire. Son exacte couleur à elle.

Elle longe la futaie de chênes au nord de laquelle la ville est implantée. La zone artisanale a laissé place à la forêt, annonçant les causses. Les couleurs changent, les perspectives et les senteurs se multiplient. La masse des arbres presque nus semble avoir dévalé le flanc des collines, là-bas, comme une lave.

Pour la première fois depuis vingt-sept ans, elle s'approche, atteint puis s'éloigne du lieu précis de l'accident sans que sa gorge se mette à tressaillir, à gonfler puis à éclater. La pensée d'Alain caresse ses joues, froide et douce.

Elle se demande si, d'ordinaire, les chênes ne sont pas plus verts à cette époque de l'année. Elle pense à la texture des jeunes feuilles, si tendre. Se souvient que chaque individu de la famille chêne porte à la fois des fleurs mâles et des fleurs femelles. Elle se demande où elle a lu ça. Au salon, certainement. Elle y a découvert tant d'histoires étonnantes.

Se demande, lorsque le causse surgit enfin, comment elle a pu délaisser si longtemps la pierre et l'écorce. Ici, l'ombre des pins sylvestres a remplacé les chênes, et la roche, le ciel.

Se demande s'il lui faut répondre à la question qui vient d'être posée.

Comme celles qui la traversent depuis qu'elle a quitté les abords du square, ça n'est pas vraiment une question. Alors elle n'a pas à répondre. Elle a déjà répondu.

La petite. Sa petite. Elle entend sa voix, cousue dans celle de Marcus. Mélangée aux plumes.

Je me le dis souvent… Finalement, poursuit Céline, Marcus et elle te ressemblent beaucoup.

Aussi entêtés.

Et furtivement, sans se tourner vers elle, comme si à aucun prix elle ne devait perdre des yeux la route qui s'étire là devant, Céline effleure du bout des doigts le genou de sa mère.

Oui. Ils nous ressemblent, murmure Maria.

Marcus s'agite à l'arrière et glousse avec sa sœur. Au loin, les premières trouées vers les gorges semblent aspirer la lumière.

Cet ouvrage a été imprimé par
CPI BRODARD ET TAUPIN
pour le compte des Éditions Grasset
en janvier 2018

Composition réalisée par Belle Page

PAPIER À BASE DE FIBRES CERTIFIÉES

Grasset s'engage pour l'environnement en réduisant l'empreinte carbone de ses livres. Celle de cet exemplaire est de :
600 g éq. CO_2
Rendez-vous sur www.grasset-durable.fr

N° d'édition : 20221 – N° d'impression : 3026554
Dépôt légal : février 2018
Imprimé en France